相比更多作家对故乡的温情追忆,满航的笔锋冷峻而凌厉,他将追寻历史和比照当下紧密结合,以吹尽尘埃的勇气探寻平凡生命的不凡意义。

作家　邱华栋

宫里

高满航 著

济南出版社

图书在版编目（CIP）数据

宫里 / 高满航著. -- 济南：济南出版社，2023.9
（文学新势力. 第二辑）
ISBN 978-7-5488-5849-2

Ⅰ.①宫… Ⅱ.①高… Ⅲ.①中篇小说—小说集—中国—当代②短篇小说—小说集—中国—当代 Ⅳ.① I247.7

中国国家版本馆 CIP 数据核字 (2023) 第 166015 号

宫里
GONGLI
高满航 著

出 版 人	谢金岭
责任编辑	宋 涛　孙 愿
装帧设计	焦萍萍　刘梦诗
出版发行	济南出版社
地　　址	山东省济南市二环南路1号（250002）
总 编 室	0531-86131715
印　　刷	济南新先锋彩印有限公司
版　　次	2023年9月第1版
印　　次	2024年2月第1次印刷
开　　本	145 mm×210 mm　32开
印　　张	7.75
字　　数	167千字
书　　号	ISBN 978-7-5488-5849-2
定　　价	39.80元

如有印装质量问题 请与出版社出版部联系调换
电话：0531-86131736

版权所有 盗版必究

学术筹划 | 中国作家协会鲁迅文学院
北京师范大学国际写作中心

编委会

顾　　问　莫　言　吉狄马加　吴义勤
文学导师　余　华　苏　童　欧阳江河　西　川
主　　编　邱华栋　张清华　徐　可
编　　委　王立军　周云磊　李东华　周长超
　　　　　刘　勇　张　柠　张　莉　沈庆利
　　　　　梁振华　张国龙　翟文铖　张晓琴

总 序

张清华　邱华栋

2012 年 10 月，莫言荣膺诺贝尔文学奖，再度激发了国人的文学激情，也唤醒了高校在文学教育方面的旧梦，其中就包括北京师范大学。因为一段至关重要的学缘，莫言曾于 1991 年获得了北师大授予的文学硕士学位，而此刻，作为母校的师大自然倍感荣耀，遂立刻决定成立北京师范大学国际写作中心，并邀请莫言前来担任主任。中心成立之初，其核心职能——文学教育和创作人才的培养便被提上了议事日程。

需要稍加追溯前缘，才能说明这套文丛的来历。1988 年，由当时在研究生院任职的童庆炳教授牵头，由北京师范大学提供学制条件，牵手中国作家协会直属的鲁迅文学院，共同招收了首届作家研究生班学员。那时的学位制度还相对处于比较早期的阶段，各种规章还没有现在这样严苛和完善，所以运作相对容易，招生考试环节也相对宽松。由此，一批在文坛已崭露头角的青年作家，便被不拘一格，悉数收罗。之前，他们中的很多人——除刘震云作为北京大学中文系77级的本科毕业生外——并未受过太正规的教育，他几乎是唯一一个出自正宗名门。余华只是在浙江海盐上过中学；莫言之前虽有两年解放军艺术学院文学系的学习经历，但更早先却是连中学教育未受完整；严歌苓、迟子建等差不多都只是受过中等专业教育。其他人我们未做过严格的统计，但可以肯定，其中大多数未曾上过大学。然而不容置疑的是，这些人是那时中国文学最具希望的一批，是青年作家中的翘楚，是未来文坛的半壁江山。从这里出发，二十年过后，他们的确未负众望，为中国文学争得了至高荣誉，也几乎成为一代作家的代言人。

很显然，这成为北师大和鲁迅文学院一个共同的记忆，一笔不可多得的财富，无论从哪个角度看，他们都是两所学校引以为豪的历史。在这样一个背景下，重拾昔日文学教育的前缘，找回这一无双的荣耀，也就是很自然的事情了。

因了以上的缘由，2016年，北师大校方经过认真研究，参考过去的合作模式，从全校不多的单招单考的硕士名额中拿出了20个，交由文学院和国际写作中心，来寻求与鲁迅文学院合作，并在中国作家协会的大力支持下，于2017年秋季正式招收了"非全日制"学术型文学创作硕士研究生。为了省却过于烦琐的学科规制，我们在"中国现当代文学"专业的二级学科下，设立了"文学创作方向"，并采用了"学术导师"加"创作导师"联合授课的培养模式，以给学员创造更为合适和充分的学习条件。鲁迅文学院则为他们提供居住和学习的物质条件，以及日常的管理，并拟在培养方案中结合鲁院的讲座制培养模式，两相结合，尽显特色互补的优势。

同时还必须指出，有几位至关重要的人物支持了这项事业：时任北师大的校领导，特别是董奇校长，对推助写作中心的文学教育工作给予了大力支持，在制定相关体制机制方面也给予了诸多指导。晚年在病中的童庆炳教授，多次勉励我们，要传承好过去的经验，大胆探索，争取把工作尽早落到实处。中国作家协会，作协党组，特别是铁凝主席，也给予了热诚关怀，时任书记处书记、分管鲁迅文学院工作的吉狄马加同志，则在工作中给予了非常具体的关心和指导。

参与该项工作，制定合作规划、培养方案、课程体系，以及日常服务管理等诸项事务的，便是本文的两位作者：时任鲁迅文学院常务副院长的邱华栋和北师大文学院负责研究生教育的副院长兼国际写作中心执行主任张清华。整个过程中，要想实现两个职能完全不同的单位之间的密切合作，在所有培养工作的环节上都无缝对接，是一个至为琐细的工作，难以尽述。好在这不是一个"工作汇报"，我们在此也就从略了。主要想说明的是，两校之间目前的合作进行得非常顺利，一切都在愿景之中。

迄今为止，该方向的研究生已经招收了三届，共56人。从总体情况看，达到了预期的要求。在学员中，有鲁迅文学奖获得者乔叶、鲁敏，有多位全国少数民族文学奖获得者，有"70后""80后"广有影响的青年作家，像东紫、杨遥、朱山坡、林森、马笑泉、高满航、闫文盛、曹谁、曾剑、王小王，等等，他们在文学创作上都已经有了相当出众的成绩，或是十分丰富的经验，然而他们共同的诉求，又都是对"充电"的渴望，有成为大家的梦想，所以因了冥冥中某种命运的感召，汇聚到了一起。

关于文学教育，历来也是分歧明显众说不一的。有人坚称"大学不培养作家"，这话在一定程度上是对的。大学的使命很多，成败的确不在乎是否出产了一两个作家。但这话的"潜台词"值得商榷——其意思是有偏见的或轻蔑的，是说"你培养不了作家"，"作家不是谁都能培养出来的"。这当然也对，没有哪个大学敢说自己"培养"了几个作家，而只能说，他们那儿"走出了"哪些作家和诗人。但这么说是否意味着文学教育的无必要呢？似乎也不能。因为按照上述逻辑，我们也可以反问，大学不能培养作家，难道就可以"培养"经济学家、政治家、科学家和法学家吗？谁又敢说他们"培养"了那些伟大和杰出的人物呢？

很显然，各行各业的杰出人才，都是很难通过"订制"来培养的。但从另一方面说，大学又必须为人才提供成长和受教育的条件，从这个角度看，宣称大学"不培养作家"又是不负责任的。回顾当代文学的历史，文学的变革和作家的成长，与大学教育的恢复和发展密切相关。"文革"及"文革"前大学教育的草创和荒芜时期，也出现过许多作家，但他们要么是从战争年代的洗礼中锻炼出来的，要么是在长期的自学中成长起来的。因为没有条件受到良好的教育，他们的文学道路多舛，艺术成长和成就也都受到了限制，这是人所共知的常识。正是"文革"后教育的全面恢复与发展，才使得文学事业出现了人才辈出蓬勃兴旺的局面。

所以，正确的理解应该是，作家是无法培养的，但文学教育是必需的。当然，文学教育对于高校而言，其目标确乎主要不是"培养作家"，而是为所有学生提供一个素质养成的环境条件，这才是成立国际写作中心、引进著名作家执教的核心意义所在。换句话说，能不能出产一两个作家或许不是最重要的，其培养的人才是否具备写作的能力，能否成为文学的内行才是重要的。传统的文学教育虽然有各种各样的问题，但是所培养的读书人大都是既能够研究，又可以写作的双料人才。新文学的早期，大学的文学教授也多是学者和作家两种身份集于一身的，之后才逐渐文脉不彰，大师不存，大学教育渐趋沦为了工具化和技术化的知识教育。

但无论如何，北师大与鲁院联办班的这一培养模式，其目标还是直接而干脆的，就是"培养作家"。当然，这培养不是从"育种"开始的，而是"选苗"和"移栽"的过程，甚至有的就属于"摘果子"。即便是后者也不是无意义的，当年莫言、余华、刘震云、迟子建等人，早在进来之前就是声名鹊起的青年作家了，录取他们无疑也是"摘果子"，但系统的阅读与学习，大学综合环境下的熏陶成长，谁敢说对于他们后来的写作没有助益？所以，我们坚信这一工作是有意义的。

最后再来说说这批作为"文学新势力"的新人。显然，他们大多属于"80后"至"90后"的一代，较之他们的前辈，这批新人的主要差异在于代际经验的不同。前代作家的成长期大都经历过历史的大波大澜，童年也大都有原初和完整的乡村生活经验，所以某种程度上还是受到"总体性经验"支配和支持的一代作家。莫言笔下的"高密东北乡"，可以说寄寓了他对于农业社会生存的全部感受和想象，也寄寓了他对于现当代中国历史巨变的全部记忆与理解，读之如读一部血火相生、正邪相伴、生死轮替、魔道互换的史诗。这种具有总体性和原生性的经验与美学，在下一代作家这里早已变得不可能，他们都命定地处在某种"晚生"和"后辈"的自我想象之中，不得不在碎片化、个体化的历史经验与记忆中探索前行。

这些都并非新鲜的话题，只是重复了前人既成的说法。但这也是所谓"新势力"的根基与合法条件，"新"在哪里，又何以成为"势力"，这是需要我们想清楚的。在我们看来，所谓"新势力"其实就是指：一是有新的文化特质的，他们在文化上所拥有的"新人"特色或许很难用一两句话说清，但一定是更具有个性、自主性和独立思考的一代，是拥有新知和新的经验方式的一代，是用新的思维与视角看待人生与世界的一代，是在网络信息时代生存和写作的一代；二是有新的美学属性的，这些属性自然更难以总体性的概括来描述，但毫无疑问他们是具有陌生感的一族，是难以用传统范型所涵盖和统摄的一族，是游走和不确定的一族，是空间化和个体性得以充分彰显的一族，当然，也是相对琐屑和相对真实，相对平和和相对日常性的一族。有时我们觉得是这样满足，但有时我们又会觉得，他们离着理想的文学，离所谓普世的"世界文学"的距离越来越近了。

旁观者说一千句，不及读者自己去观照、去体味其中的丰富和微妙。"总体性"之不存，我们的概括也自然显得苍白无力，不如读者们自己去一一打量和细细辨识。

看，这就是"文学新势力"，他们来了。

"文学新势力"第二辑
出版说明

"文学新势力"第一辑于 2020 年初出版之后，引发了各界非常强烈的反响，也激发了文学创作专业的学子们更加高涨的创作热情。不只非全日制的"鲁院班"——北师大与鲁迅文学院合作招收的文学创作研究生班的同学，连全日制和其他专业的学生也纷纷发来他们的作品，希望能够加入这套文丛的后续出版。基于此，我们在当年，也就是 2020 年的下半年，又遴选了近二十部作品，经过专家与编辑的几轮精选，最终确定了第二辑的这十二部作品。但因为疫情等因素的影响，该辑的出版工作也一再延宕。现在终于面世，标志着我们的文学教育又有了新成果。

需要说明的是，本辑作品的构成，在文类上实现了多样性的变化。第一辑完全由中短篇小说集构成，而这一辑中，则有了超侠的科幻小说集、舒辉波的儿童文学作品集，有了闫文盛、向迅、曹谁等人的散文随笔集，同时也不再仅限于"鲁院班"学员，增加了毕业于全日制文学创作班的新锐青年作家，如目前工作于鲁迅文学院的崔君的小说集。从文类上说，该辑作品除了诗歌缺位以外，确乎显得丰富了许多。

另外，还须在此特别说明的是，截至该文丛出版之时，北师大与鲁迅文学院合作招收研究生的工作又延展了四年，至2023年，已招收了七届学员。负责鲁迅文学院工作的领导，也调整为吴义勤书记和徐可常务副院长；北师大文学院的领导以及研究生培养工作的负责人也发生了变更，所以本辑的编委会也做了相应的调整。

特别鸣谢中国作家协会张宏森书记，以及李敬泽、吴义勤副主席等领导的大力支持，也感谢北师大校领导以及文学院的大力支持；特别鸣谢济南出版社领导的鼎力托举。各方力量的凝结汇聚，才共同促成了此番盛举，为新一代青年学子和青年作家的成长营造了更好的环境。

2023 年 12 月

自 序

回望离别之地的呓语

高满航

"宫里"是我的出生之地。

漫长岁月里,那里是我目之所及的全世界,也是我精神遨游的全世界。它萌发和孕育了我的生命、语言、行为、性格,以及我之所以是我的种种细枝末节。我却视它为贫瘠的牢笼,十九岁那年,以永诀之心远走高飞。

之后的十多年里,我走过了天南海北、越过了千山万壑,以为见过了世面,以为实现了价值,以为弥补了曾经缺失的一切,也以为内心强大到了面对任何事情都足以不动声色。我的所有"以为",都被来自宫里的间断性消息击得粉碎:我惊愕于少年玩伴罹患重病,我悲伤于同族兄长殁于车祸,我痛哭于亲如父辈的一个个长者如同蒲公英的种子坠落大地……

宫里就像隐形的命运之弦,时时扯动着我的心门。

2017年，我有幸成为鲁迅文学院与北京师范大学联办的文学创作研究生班中的一员。那段时间，我憋着劲想写出惊世骇俗的文章来，每时每刻都在想着写什么、怎么写。听邱华栋老师讲世界文学的时候想，听赵勇教授讲本雅明的时候也想，看余华时想，看博尔赫斯仍想。我疑惑于自己的思来想去都指向同一个目的地——宫里，那块曾被我视作牢笼的逃离之地。

我脑中时常涌溢着来自宫里的人和事。直到这个时候，我才不得不转过身，就像打量一个久别重逢的故友那样，重新审视生养了我的那片土地。

宫里——

这个神奇的名字如何得来？

我的先祖几时迁徙到此？

曾经熟悉的面孔今又何在？

古树是否再发新芽？池水是否早已干涸？……

我急于归去，就像曾经的急于逃离。

宫里是人文初祖黄帝铸鼎之地，是大禹治水所经之境，也是赫赫汉唐的咫尺京畿。它曾经发达过，辉煌过，可惜的是，我与它相遇时，它已如同家道中落的平庸子弟一样，再无力重拾巅峰的荣光。那又能怎样，并不能阻止认识的人、爬过的树、眺望过的庄稼、惊吓过的池鱼等，也包括无数个我自己，时不时通过那扇秘密心门抵达我此刻的世界。我最是清楚，鲜嫩的生活已成往事，悄然逝去的岁月急不可耐地带走了能带走的一切，包括青春的容颜、固化的记忆、草木的枯荣以及鲜活的生命。我再也抓不住任何确定的东西，或者，我以为确定的，从来都不确定，只不过，我终于意识到了这种不确定而已。不管是不是的确如此，我都悲伤，为了贮存在我心里最隐秘处的所有美好被打碎，也为了无论如何都再回不到的从前。

我决定动笔了，我要把对故土的所有记忆和回望都写出来。虽然一切都变了，并不是我曾经以为的那个样子，可是，这个世界上又有什么会永远不变呢？又有什么还保留着我们从来以为的样子？"宫里"的土地那么肥沃，我决心为它撒下小说的种子，助它绽放灿烂而清香的文学之花。

我叫出一个个人物，写下一个个句子，试图重述过往。可我惊异地发现，一切过往的岁月都拒绝被重述。在我的小说里，放之四海而皆准的逻辑失去了意义——"因为""所以"讲不通，"虽然""但是"分崩离析。就像所有的饥饿要用拥抱填充一样，吃饭变得多余，也因此而毫无意义。人物形象都模糊，很多时候，好人成了坏人，光明混淆于黑暗，被救者也是施救者，受害者自身是最大的恶人。比如，《七日之约》中，所有的角色是同一人，镜子、燕子、裴炎梓、老赔、闫老师，他们是一个人的不同阶段，也是一个人在不同境遇后的各种可能。他们是我认识的每一个人，也是每一个人认识的我。我把每个故事都写得模棱两可，坚信没有人能看懂，我自知那是独有我能够理解的暗夜呓语。可是，所有看过的人竟然都说看懂了。这样也好，我不用给他们解释，他们也不用向我求证。我们都是旁观者，观我此刻回望的宫里，也观他们身后或远或近的故土和故人。

我承认,这本集子里的小说承载着我的勃勃野心。我把自己行走世界感染的病痛顽疾,统统埋进宫里这片肥沃的土地,冀望能收获灵验的药方。我是如此浅薄,又如此贪婪,注定徒劳一秋。我真应该老老实实回到宫里,像以前一样,目睹着一粒粒种子埋进土里,然后在漫长的时日里生根、发芽、拔节、出穗、扬花,那样的结果最是理所当然,也最是圆润饱满。

目 录

旧时朋友　　1

寻人启事　　26

大雪之夜　　57

宫　里　　77

七十八座车站抵到的远方　　159

重　生　　180

残暴数学史　　206

旧时朋友

二十一年没见。再遇阿杜让我有一种恍若隔世的伤悲。

茂密而杂乱的长发,无规则肥胖的脸庞,密密匝匝的胡茬,粗糙的双手,夹杂在话语间坚硬而彪悍的脏字。我理解光阴催人老,却无法解读如此翻天覆地的变化。我一再说服自己,他就是阿杜,二十一年后的阿杜。

阿杜被他吐出来的烟雾笼罩,自嘲说:"以为你会忘记我这么个人。"

我说:"怎么会呢,人一生中有那么几个人是永远忘不掉的。"

一个小时前,我接到陌生电话,对方说:"我是阿杜。"

他路过北京,从初中同学那里要到我的号码。一见面就说,早知道我在北京,就想见个面,如果我的态度稍迟疑,他就会直接转道西安回宫里。

还好我没有迟疑,我的态度没有让我这个远道而来的少年朋友失望。

阿杜喝酒不推辞,我倒一杯,他喝一杯。

"不过瘾。"他提议说,"二十一年不见了,咱们必须喝个大的。"

二两多的啤酒杯子倒满白酒,咣当一碰,我们仰头一饮而尽。

阿杜红着脸久久不语,我以为他喝多了。

他却突然抬头问我:"阿满,我们还是好兄弟吗?"

就像久远的回声,飘荡二十一年又绕了回来——

"是,当然是,我们永远都是好兄弟。"

两个男人一边喝酒一边擦着满脸的泪水。那一晚,整个大排档的人都在看我们,我们不在乎别人的目光,喝着,哭着,直到周边空无一人。

每一个梦想都是天使的呼唤

一九九六年,我和阿杜刚读初一。

月考放榜,念到谁谁上去取自己的试卷。少男少女们没有荣辱,只有欢乐,以千奇百怪的姿态嘻嘻哈哈。班主任不能容忍,把黑板擦敲得惊天动地。

下课了,散了。又都是新的开始。

阿杜却趴在课桌上掉起眼泪。

刚当上同桌,我不明白情况,就小心问他:"阿杜,什么情况?"

他抬起头来,悲戚地望着我说:"考成这样,回去咋跟家里说?"

他这样一矫情,我就特不好意思。要知道我刚踩过及格线,而他考了八十多分。八十多分的都哭成这样,照此推理,我这样的还不得去死。

我劝他说:"八十多分呢。"

他不理我,继续闷头掉眼泪。

后来知道,他的眼泪不是随便流淌,而是在浇灌丰满伟大的理想。

阿杜坚定不移要考大学

还有六年,足够遥远。但阿杜始终不离不弃。

我们就读的宫里中学升学率奇低,两三百学生,考上高中的不超过二十个,想摆脱初中毕业就辍学的宿命,就必须稳扎稳打排在前二十名。阿杜心知肚明,要上大学,前提是能从二十个上高中的指标里抢一个过来。千军万马过独木桥,谈何容易。他要的不是八十多分,而是前二十名。

我不懂阿杜的志存高远,正如阿杜不解我的鼠目寸光。

理想很丰满,成绩却不稳定。阿杜头悬梁、锥刺股,可从未冲进过全班前三,遇上好光景能到前五,发挥不好滑到过十五开外。却总比我好,我整天烧香拜佛临阵磨枪,没有抱负却要脸面,只求回回能上六十分。

时日长了,慢慢知道阿杜伟大理想背后的辛酸。

三岁丧父,母亲坚强,没有改嫁,独自带阿杜成长。

一个女人带一个孩子,谈何容易。

看尽人间冷暖,尝尽世上辛酸。母亲坚定让阿杜改变命运,想来想去,似乎只有考大学一种途径。那一日始,大学就是阿杜的全部。

为此母亲可以倾其所有,阿杜可以不眠不休。

我问他:"会不会太累?"

阿杜惊讶道:"不累怎么出人头地,不累怎么比别人强?"

我无比羡慕阿杜那时候的状态。他享受学习的过程,他对每一次考试都充满期待。他虽柔弱,眼睛里却充盈着野狼一样嗜血的兴奋。

我感谢他每次考试扔给我的小抄,保证我回回都能惊险及格。

微信里阿杜发给我的那句话令我无比温暖和感动:不要放弃任何梦想和努力,时光流转,说不定成了呢。对于我而言,这句心灵鸡汤真是满满的正能量。

那些年,我也是如此对阿杜充满了期望。

世界那么大,岁月那么长,会发生什么,谁知道呢。

真怀念那个时候。梦想翠绿欲滴,谁都是早上八九点钟的太阳。

童话里的故事都是骗人的

有段时间阿杜出离了自己的勤奋状态,情不自禁欢乐起来,呵呵笑着,莫名其妙。那样纯真,那样透明,心满意足的幸福真是史无前例。

我试着问:"和谁好上了?"

他不置可否,赐给我一个高深莫测的微笑。

太迷惑人了,我以为他默认恋爱了,就不动声色地观察他,连厕所都不去，憋着，生怕错过他和某个女同学的神秘接触。他大爷的，上当了，整整一个星期，他和任何一个女生连眼神的交流都不曾有。无中生有让我信以为真。

他比怀春的少男少女更欢乐。随时，随处。

看个童话书真不至于这样。阿杜却是走火入魔。

那时候不讲理的制度很多，其中一条就是不能看课外书，课上不行，课下也不行，班主任有时还突击翻书包搜查取证。阿杜鬼点子多，就把《安徒生童话》用广告纸包起来，封皮大大地写上"语文"或"数学"，这才得以在一次次突击检查中惊险过关。

阿杜并不过分。他默默定下规矩，只在课下看。

有一回他突然问我，女孩被一伙强盗抓住了，王子会不会冒着生命危险去救他。我正打瞌睡，没听明白，再问，他却扭头不理我了。

因惦记着女孩和王子的故事，阿杜没忍住，上课也把童话书翻开看。

看得多了，阿杜就想入非非。

他经常问我，你是国王会怎样，你是船长会怎样，你是神父会怎样。我不正经地说："你让我当老师吧，回回给你满分，我也不会为考试发愁了。"

他急红了脸，坚持让我说。

我似乎配合了，但当时怎么说的，早忘得一干二净。

月考，阿杜滑到了十几名开外。

和上回一样，他又泪流满面，愧疚，自责。

童话里都是骗人的，给得了想入非非却给不了丰满现实。

阿杜受到了严重打击。

他把几本童话书都给了我，决绝地说："你都拿走，不要在我跟前看。"我没有拒绝，照单全收。童话故事充满诱惑，我深陷其中。下课看，上课也看，不出两个星期，几本童话书陆续被英语老师和数学老师没收。

阿杜见证了每一次没收事件，但都无动于衷。

回过头想，阿杜深陷其中的是童话故事，更是梦想中的美丽世界。我深深地相信，如果可能，他宁愿成为那些童话里的一个角色，哪怕一个士兵一个农夫也好，他们的生活是那样充满未知、饱满有趣。

我又何尝不是。童话带给我们肆无忌惮的美好。

童话书被没收了，我们信马由缰的奇异想法也悬崖勒马。

我们回到原来，继续日复一日、月复一月的生活。

每个生命都有独一无二的轨迹

一九九七年春天。人们议论纷纷，说香港要回归了，大家异常兴奋，但一场大雪又让人悲从心生——邓小平同志去世了。

在漫天飞扬的哀痛中，初三一个飞扬跋扈的男生被打成重伤。

阿勇说，人家三个人呢，他再厉害也是双拳难敌四手。

那时候校园混乱，大家隔三岔五就成群结队到操场和厕所连接的拐角处看打架，有时是高年级打低年级，有时是高年级互打，也有时是低年级的家长打高年级。我清晰记得有一回，一个骑自行车的中年男人戴头盔、提木棍，风风火火就进了校门。门卫上厕所去了，没人阻拦他。

男人把一个初三学生从教室扯出来，左右开弓打耳光，声震校园。

那时厉害角色很多，传闻中最令人闻风丧胆的是"七郎八虎一枝花"。

谁是谁弄不清，反正提起来都是叱咤风云神乎其神。

阿勇那回请我、阿杜还有杨柳吃豆腐脑。

结完账后都准备走了，阿勇拢拢手说："坐下，有事要说。"

我们以为他又叫了其他什么吃的，颇期待，却没有。他说，看见了吧，在学校里势单力薄根本不行，今天咱们结成兄弟，团结起来，互帮互助。

我们都挺激动，没人反对。

一起照了张相，互相搂得紧紧的，踌躇满志。

那之后，我们经常在一起。阿勇不爱上学，就拉着我们逃课，有时是去打台球，有时是到学校围墙外面的河里抓小鱼，逛慌了，就愈发不想在教室里待着。老师睁一只眼闭一只眼，懒得理会我们。

记得阿杜跟着我们逃了一回课，是去抓鱼，鱼已经游进塑料袋里，他心神不宁忘了提起来，鱼吃完饵料，摇着黑色尾巴又惊慌失措跑了。

第二回，第三回，阿杜找了借口，没出来。

再后来，我们也不再叫他。

看得出来，阿杜不想离开我们这个小集体，不上课的时候，他积极向我们靠拢，但我们说什么，他又插不上话，就无声在边上，有些落寞。

有一回，阿勇当着阿杜面说："你不跟兄弟们一起玩，真不够意思。"

阿杜挺委屈，却无法反驳，从额头红到了脖子。

后来他跟我说，他真不能逃课出去，月考考不好他妈会哭的，他不想让她哭，他必须考到全年级前二十名。停下犹豫片刻，他又说："你给阿勇和杨柳说，暑假了我们一起玩，那时候不用上课，去哪里都行。"

阿杜任重道远，他和我们不在同一个世界里。

我能懂那时的阿杜，就像能懂二十一年后的自己。

一条单行线在面前无边无际地铺展延伸，没有第二种选择，不管愿不愿意，都要咬紧牙关走下去。

月考放榜，阿杜史无前例冲到全班第三。

他又哭了，是喜极而泣。

好兄弟不说对不起

初一下学期即将结束，班主任预告重新分座位。

方法也别出心裁，七十二个座位全空出来，第一名先挑，然后第二名、第三名，以此类推。我心里喜悦，第三名的阿杜自然会给我们挑个好位置。

阿杜说有事和我讲，我以为征询我意见商量坐在哪个位置，就直接说："不用讲了，我是跟着你沾光，你定在哪里我就跟你坐哪里。"

阿杜犹豫一下，说："这回我想和刘晓斌坐。"

刘晓斌是最近一次月考的全年级第一名。阿杜以前说过，如果和刘晓斌同桌，自己成绩肯定还会提高。"近朱者赤，近墨者黑"，他言之有理。

通告猝不及防，我颇尴尬。

"哦，那个，阿勇也说这次想和我坐，我正要和你说呢。"我自己打圆场。

"对不起。"阿杜躲闪着我的目光，我能觉出他的为难。

辜负一个人需要巨大的勇气，言既出，就要经受千重万重的心理折磨，如果不是没心没肺，定是因为无法言说的苦衷。我想阿杜当时就是。

不能否认瞬时的伤心，我们几乎形同陌路。

我找阿勇，他却已说好和杨柳坐。

分座位近在眼前，我忧心忡忡，被背叛和屈辱裹挟。

我甚至默默立誓，好好学习，先挑座位。

这回是来不及了，只能硬着头皮看哪个排在前面的会允我同坐。

队伍已在外面排好，老师在前面再一次重复规则，我仔细聆听。余光里，看见站在前面的阿杜挤过人群，朝我走来，他说："还是我们坐一起吧。"

我以为自己会当场拒绝，却没有。他也不等我答复，说完，又扭头侧着身子穿过人群站到属于他的前面去了，留下我心情复杂。

我第五十多个进教室，一番扫视，他身边的座位果真空着。

我犹豫了一下，还是挨着他坐了。

9

我能感觉到他在热烈等待我的目光交流,却装作不知。

接下来几日,我心结未消,化作怨气挂在脸上。

阿杜几次主动搭话,都被我不冷不热顶了回去。

阿杜悻悻然。看他落寞,我也怪不是滋味。

那日下午放学我留下来值日,阿杜没走,他蓄谋着心事。

"阿满,"他为难地说,"你是不是还在怨恨我?"

我置若罔闻,没回答。

阿杜极力控制着无法阻挡的哽咽,我知道他的泪水随时都会淌下来。他声音低沉说:"你知道我想考大学,和刘晓斌同桌就是想提高考试成绩,可最后我又后悔了,我们是兄弟,我还是想和你同桌。你是不是觉得我就像阿勇说的那样,不够意思,还在怨恨我?都是我自作自受,对不起。"

这是阿杜第一次与考试成绩无关的泪流满面。

我忍不住,也流下泪来,问阿杜:"我们还是好兄弟吗?"

"是。"阿杜说。

"好兄弟还说什么对不起?"我擦眼泪。

"对,好兄弟不说对不起。"阿杜也擦眼泪。

阿杜抢过工具帮我值日,我们戳戳打打无比欢乐。

我们是好兄弟。阿杜一遍遍重复着,说一次,就坚定地望我一眼。

我们是好兄弟。我们勾肩搭背,走出学校,奔跑在回家的大路上。

用百分之百的努力追赶万分之一的渺茫

有一天,阿杜兴奋地告诉我:"你知道吗?我通过了!"

我丈二和尚摸不着头脑,努力地猜,想弄清一个可以让阿杜兴奋的理由,却无果。

阿杜说:"我加入春蕾小组的申请通过了。"

"我去,你没事吧!"我无比惊讶。

春蕾小组成立于哪一年不得而知,那时是学校里声名最为显赫的非官方组织,申请条件极为苛刻,只接受各年级成绩优秀的学生申请,而且必须由班主任和三个以上代课老师推荐,每一条都是难上加难,所以很难通过。

这个组织的主要功能就是把全校的优秀学生集合起来,每周末腾出半天的时间一起干活,比如植树造林,打扫从学校到镇街道的卫生,帮助周边村子修水渠收庄稼,等等。反正一入小组深似海,周周都有活干。

阿杜加入春蕾绝不仅仅是为了干活。

我揭穿他,说:"你就是惦记着被推荐为县级三好学生。"

他有些不好意思,扭捏说:"也是给自己一个锻炼的机会。"

阿杜完全没有必要不好意思,那些优秀学生积极申请加入春蕾,导火索是因为全校每年推荐的一个县级三好学生必须满足是春蕾小组成员的硬性条件。而这个县级三好学生的文章就大了,高考直接加二十分。

二十分啊,对每一个志在大学的初中生都是赤裸裸的诱惑。

之前周末我们经常约着一起出去玩耍,阿杜自从成为光荣的春蕾成员，就无私地忙碌起来。每个周五下午他都给我汇报：明天他们去卫生院打扫卫生，明天他们去清扫镇上的垃圾场，明天他们去疏通学校后面的臭水沟。

阿杜干活和学习一样一丝不苟。

有回周一来校，我见他手上缠着绷带，问他情况，他说是搬石头的时候被砸伤了，还愤愤不平地抱怨，好多人磨洋工，站在那里不干活。

我说："你也不要太卖力。"

"你不知道。"他说，"我必须好好干。"

其实我知道。阿杜在春蕾好好干就是想引起老师们的注意，虽然成绩不是最好，但他希望以勤劳质朴争取每年唯一的县级三好学生名额。

他又一次给我说，他查了一下，每年的名额都不是给成绩最好的学生。

言下之意，他的机会最大。

我打击他，成绩不是最好，但每年被评上的人有一个共同点。

"什么？"阿杜问。

"都是'二代'。"我说，"镇长儿子、院长儿子、所长儿子、校长儿子，你一个个去问，看哪个不是。"

阿杜不说话，万分沮丧。他显然不符合"二代"的标准。

我倒后悔，不应粗鲁地掐灭他的希望。可也不愿见他想入非非。

"那也不是一点希望没有。"他嘟囔着，不服气。

"就算有，也是万分之一。没有儿子还有侄子、外甥、孙子，猴年马月也越不过那个圈。"我说，"死了那条心吧，有时间还不如多看几页书。"

"就算只有万分之一的希望，我也要用百分之百的努力去争取。"阿杜犟上了。

周而复始，阿杜以吃苦耐劳积攒了口碑。

就连挑剔的班主任也夸他说，一看就是农村家庭出来的。

因名声在外，老师们搬桌挪柜、清洗洒扫就常找阿杜。

阿杜每次都是斗志昂扬去，满头大汗回。

遗憾的是，阿杜连竞争县级三好学生的初选名单都没进入过。

他默默地说："多一事不如少一事。"

阿杜衣服邋遢，我问怎么了。

他说："没事，骑自行车摔了一跤。"神情有些沮丧。

下午放学阿勇示意我等一下，教室里同学都走完了，他拉了杨柳过来问："阿满你说怎么办？"我说："什么怎么办？"

阿勇急了："你不知道？阿杜没给你说吗？"

"说什么？"我扭头看阿杜，阿杜的拘谨里多了分慌乱。

"刘飞把阿杜打了。"不等阿杜张口，阿勇抢着说，"我也是听隔壁班的王海鹏说的。阿杜你说说，你们发生了什么事，他凭啥打你？"

阿杜有些难为情，皱着眉说："也没什么事，中午走到学校门口，他问我盯着他看啥，我说没看他，他说我狡辩，就把我打倒在地上。"

"这不是欺负人嘛。"杨柳憋红了脸问,"你咋不还手?"

阿杜嗫嚅说:"教导主任说谁打架开除谁。"

"开除就开除,咱不能吃这个亏。"阿勇一只脚架在凳子上说,"要是我,下午就找把刀子,过去把狗日的给捅了,欺负到我们头上来了!"

"也没打得怎么着。"阿杜说,"真没什么事。"

"咽不下这口气。"我对阿勇说,"咱们是结拜的兄弟,阿杜出了事咱就不能袖手旁观,一定要把刘飞教训一顿,让他知道阿杜不是好欺负的。"

"就是,不能便宜了那小子。"我们三个都磨刀霍霍。

"多一事不如少一事,求求你们了,都别去。"阿杜涨红着脸讲,"万一你们把刘飞打坏了,学校里追究起来,把你们开除了怎么办?"

是啊,这真是个大问题。学校里乱如江湖,校长、教导主任三天两头开会喊着要开除人,始终没开除,可是谁又能打包票永远不开除呢,说不定正在找反面典型,谁碰到谁倒霉。我们嘴上仍铿锵有力,内心却已偃旗息鼓。

我们都觉得憋屈,阿杜肯定更是。

真感情是要留在心里的

一九九七年的第一只蝉刚开始站在树梢鸣叫,那时候香港尚未回归。

长腿的杨柳和我打赌,说我跨不过学校施工未及回填的一个壕沟。原本我也觉得自己跳不过去,可过分的是他跳过去了,我就不服气。他问赌什么，我说随便。话音未落我就鲁莽地把自己扔了出去，华丽丽地摔成土猪。

校医捏了捏，说是骨折。我到卫生院打了石膏。

家里大人忙，无暇顾我。吃喝拉撒都成了问题，我心情沮丧。

阿杜自告奋勇，拍着胸脯说："阿满，没事，你上学、吃饭我包了。"

他家、我家和学校的路线正好是个三角形。每天一大早，阿杜先骑自行车到我家，载上我，一路飞奔赶往学校。中午吃饭也是他先迅速解决战斗，再去我家给我带饭。晚上则是先送我，他再大汗淋漓往回赶。

一日又一日，让我内心温暖。

每节下课他总不放心地问："阿满，去厕所？"

我说："不去。"

他强调："要去咱就走，真的，一点都不麻烦，千万不要憋着。"

去就去吧。我一瘸一拐，他瘦小，身体几乎呈倾斜状支撑着我。

阿杜那种尽力而为的奇怪姿势，多年里时常浮现在我的眼前。

有一次中午吃完饺子，我回去奉承母亲，真是色香味俱全。

母亲疑惑："你啥时候吃饺子了？"

阿杜这才承认带了自己家的饺子给我。

后来他还给我带过他家各种各样美味的食物，甚至花钱买过,他很少吃,只给我说,吃好的康复得快。得益于他,我果真两个月就能下地走路了。

脚好了,我对阿杜表达感激的冲动就分外强烈。

好几次刚开口,阿杜就打了岔。

"不要说了。"他说,"真感情是要留在心里的,说出来就俗了。"

我就一直留在心里,酿成酒,芬芳扑鼻,醇厚绵香。

阿杜说到做到

一九九七年的暑假刚开始,他就主动约我们出去玩。

可能是期末成绩进入年级前十名的缘故,他家里竟然没有逼着他没完没了地做习题,而是随随便便就能出来玩。我感到不能理解。

有一次到水库抓鱼,收获颇丰。

阿勇提议把战利品分成四份,每人一份。阿杜连忙摆手说:"三份就行,我不要。我妈说了,不准我来水库,知道来了非打断我腿不可。"

想想也是,阿杜拿着鱼回去等于不打自招。

我们和阿杜都懂得杜妈妈的良苦用心。我们抓鱼的那个水库深不可测,四周都是黄泥巴,一不小心就会滑进去,就算会游泳,一旦吸进淤泥里也是无能为力。每年暑假,这个水库里都要淹死好几个人。

我们在分鱼,阿杜就在水库边上洗手。

搓一搓,然后鼻子凑上去闻一闻,接着又搓。

他洗了一遍又一遍，无奈地说："我要回去挨打了。"

阿杜沮丧无辜的表情定格在我脑中，至今记忆犹新。

手上和身上的鱼腥味一时半会儿没法去掉，真不知道阿杜回去怎么跟妈妈解释。一路上我们都在替他提心吊胆，想着他会不会被打得很惨。

突然，阿杜斩钉截铁地说："我要住校。"

我说："家里远才住校，你凑哪门子热闹。"

阿杜给我算账，早上来学校二十分钟，中午回家吃饭一来一回一个小时，晚上回家吃饭又是一个小时，晚习后放学回家再加二十分钟。他问我："你算了没有，这一天下来总共一百六十分钟，就这样给浪费掉了。"

阿杜绝对属于勤奋型，勉强算是智慧型。就算有百分之一的智慧，也都是建立在百分之九十九的勤奋之上。刘晓斌做一遍的习题，他可以锲而不舍做上三十遍四十遍，直到融会贯通，达到和刘晓斌一样厉害的高度。

阿杜的成绩一直起伏，他的自信也跟着起伏。

初三最后一年，从他惜时如金的态度分析，定是要血拼一把。

他在每本书的扉页上都写下励志的话鼓励自己。

"人生能有几回搏，此时不搏待何时。"

"少年不努力，老大徒伤悲。"

"吃尽苦中苦，方为人上人。"

每一次翻书，他都要强迫症一样先翻到扉页，盯着自己写下的话庄严注目几十秒，像是在进行神秘的仪式，然后才进入刻苦学习的状态。

我闲得舌头痒,对他说,条条大道通罗马,不要太逼自己。

阿杜瞪我。一副哀其不幸怒其不争的无奈神态。

办完伙食关系,安顿好床铺,阿杜整个人就莫名其妙地不好了。

阿杜焦虑得一个劲叹气,心烦意乱,也不和我说什么事。

憋了一下午,阿杜还是忍不住道出忧虑:"刘飞和我住一个宿舍。"

"他又找你事了?"我把阿杜从上到下扫了一遍,未见伤痕。

"那倒没有。"阿杜说,"可他今天给我说让我小心点。"

我说:"要不行叫上阿勇和杨柳,我们先教训他一顿,叫他老实点。"那时候阿勇已经不怎么上学了,整天游手好闲找人打架,越打越勇。

"千万不要。"阿杜说,"那样会更糟。"

我建议说:"要么你就别住校了,回去也不是太远。"

阿杜低头沉思,拿不定主意。我想着他肯定又在琢磨那一百六十分钟的事。对于勤奋的阿杜来说,一分一秒都是割舍不下的财富。

"我还是住校吧。"阿杜自言自语,"我不惹他,他能把我怎么样?"

我相信,说这话的时候,阿杜已经做好了忍辱负重的准备。

阿杜知道自己要什么,也知道前面有一条无比艰辛的长路要走,为实现目标,他已经尽其所能,后面要做的就是继续咬牙坚持,坚持从黑暗穿越到黎明,坚持冰雪融化春暖花开。我也相信他有足够的毅力去坚持。

阿杜住校了，却很少到宿舍，从早到晚都趴在桌子上做习题。

一个多月相安无事，也再没听他提过刘飞。

时光如梭，我以为就那样飞越青涩，让阿杜顺顺利利考上高中。

阿杜说漏了嘴，我才知道他一直委曲求全地给刘飞钱。

阿杜息事宁人说："总共也没多少，只要他不找我事就行。"

我气急败坏，一上午的课都没上，去找阿勇要替阿杜打抱不平。从学校找到镇上，寻完了每一家商铺和游戏厅、台球厅，都没见到阿勇的影子。

杨柳说："等等阿勇，反正刘飞也跑不了。"

可我等不及，拉着阿杜要去跟刘飞谈谈。

阿杜不去。我做他的思想工作说："咱们也不干啥，就是和刘飞讲讲道理，大家都是同学，他不能老这么欺负你，今天不说，何时是个头？"

阿杜想了想，低头说："万一打起来呢？"

我说："不是跟你说了吗，咱们就讲道理，不打架。"

阿杜扭扭捏捏，说："好，咱们绝对不打架。"

阿杜把刘飞约到厕所和操场连接的拐角处，刘飞以为阿杜给他钱，却见我在那里等着，就对阿杜骂骂咧咧说："你他妈的什么意思？"

阿杜赔着笑说："没什么意思。"

我说："大家都是同学，你以后别再欺负阿杜了。"

刘飞拿巴掌拍阿杜脑袋，对我耀武扬威说："我欺负他怎么了，我就欺负了，看你能怎么样？"阿杜站在原地，被刘飞拍得不断缩着脑袋。

我都要气炸了，上去就和刘飞扭打在一起。

我打不过刘飞，没多长时间他就骑在了我的身上，我用脚把他蹬下去，他撕扯着我又爬了上来，拿手抓我，拿拳头砸我。我以为阿杜在另一个方向揍刘飞，却只听他喊："你们别打了。"我挣扎着叫他快过来帮忙。

阿杜无动于衷，眼瞅着刘飞揍我。

刘飞占完便宜就爬起来跑了。我灰头土脸，摸一把鼻子，全是血；吐一口唾沫，也全是血。黄土裹身，疼痛羞愧，我真想找个地缝钻进去。

阿杜上来给我拍土，我气咻咻地一把把他甩开了。

我在前面走，阿杜紧紧跟在后面，哭泣着说："我们不是说好不打架吗？"我转过身去，恶毒地咒骂他："无情无义的胆小鬼，你给我滚得远远的。"

我没脸见人，一个星期都待在家里。

第二天中午放学阿杜来到我家，跟大人们探望病人一样，带了几样好吃的。"不疼了吧？"他问我。我怒气未消，对他视而不见，充耳不闻。

"都怪我连累了你。"阿杜说，"见你和刘飞扭打在一起，我腿都发软，我想上去拉开你们，可就是走不动，也不知道怎么了。真的，阿满，你要相信我，我真的不是无情无义，你都是为了我，我肯定是愿意帮你的。"

我把头扭向一边,不听,不应。

阿杜默默地坐了一会儿,看着我,欲言又止,犹豫一下,还是艰难地开口问:"阿满,我们还是好兄弟吗?"

他正好撞在我余怒未消的枪口上,我轻蔑地望着他,斩钉截铁说:"阿杜我告诉你,从今往后你是你,我是我,我们大路朝天各走一边。"

阿杜愣了一下,有些尴尬地微微低下了头。

"对不起,阿满。"阿杜站起身,默默转身。

我记得,那天阿杜是绷着一眼眶的泪水离开的。

来不及说再见,阿杜就在我的生活里消失得无影无踪。

隔了一天,杨柳来看我。

"你知道吗,刘飞住院了。"杨柳幸灾乐祸地说,"晚自习刘飞去厕所,被人用砖砸到粪坑里去了,要不是被救起,说不定就淹死在厕所了。"

"谁干的?"我本能觉得是阿杜,却不希望是阿杜。

"当然是阿勇,肯定是在替你出头。"杨柳说,只是他下手太重了,都惊动了派出所,现在全世界都在找他,也不知道躲到哪里去了。

我松了一口气,只要不是阿杜就好。

第二天中午,杨柳又风风火火来了。

他说刘飞醒了,一口咬定是阿杜那天晚上用砖砸了他。杨柳听别人讲,阿杜借着给刘飞钱的由头,叫他到厕所。刘飞小便,阿杜就用砖砸了他后脑勺。杨柳说,挺危险的,教导主任说再用点力就砸死了。

学校想保阿杜，却因为事太大，保不住。阿杜被派出所拘留了。

后来又听杨柳说，阿杜被送到一百多公里外的少管所去了。

一个个消息传来，我就像在梦里一样。

有时觉得一切都不可思议。阿杜那么胆小，怎么可能打人？阿杜一心想着要考大学上高中呢，怎么会被送到少管所去？阿杜不能天天坐在我身边勤奋刻苦，那他以后怎样实现唯一的理想？我想不明白的事情太多了。

我不相信这是真的。到学校，却果真再没见到过阿杜。

有好几次，我都想去阿杜家里问问阿杜的情况，但又不敢。我无法想象他寡居的妈妈是怎样的伤心。阿杜的梦想和阿杜就那样无影无踪了。

后来，我有了新同桌。

刚开始有过口误，叫成阿杜。

时间是汛期的河流，一日日水位上涨，终在某一天，湮没了我记忆深处的阿杜。新的人和新的事接管了我的生活，慢慢也就习惯了。

恰在那年随着父亲生意渐兴，我们举家迁到县城。

远离了那片故土，也远离了记忆深处的人和事。

后来——考学，工作，结婚，生子。

一年又一年，没人提起阿杜，我也想不起阿杜。

尘封太久，差不多要彻底遗忘了。

人生是条单行线，再回不到从前

二〇一八年四月，我和阿杜，两个失散了二十一年的少年朋友，历经各自人生的喜怒哀乐，竟然又坐在了一起，心潮澎湃，昨日重现。

阿杜敬佩地问："听他们说你都当上处长了？"

我说："怎么可能，副处长刚调，离处长还远着呢。"

"副处长也美着呢。"他想了想说，"跟副县长一样大吧？"

我点点头。他乐，举起酒杯说："阿满，还是你厉害，祝贺你。"

问起他，阿杜就唉声叹气。他去南方打过工，开过出租车，被骗进过传销窝点，当过保安，今年刚到一家饲料厂跑销售。他说："累死累活也挣不了几个钱，不想干，却也没得选，一家老小得靠我吃饭。"

他大概十多年前结了婚。

婚后第三年，老婆到南方打工再没回来。阿杜说，是死是活都不知道，也不知道是跟人跑了还是被人害了，报了案，到现在都杳无音信。

离婚不成，再娶不成。

他在外面赚钱养家，老母亲帮他带九岁的儿子。提起儿子，阿杜又是气不打一处来，既不听话又骗他钱。他气愤说："就不应该把他生下来。"

他给我讲他们老板多么有钱。

"开了三家厂子，每家的投资都在几千万，几年前就把全家老小移民到新西兰去了,他在这边重新找了个小三,老夫少妻,过得舒服滋润。"

他给我讲他的同事多么阴险。

"给领导打小报告说我同时跑两个牌子,找人私下里调查我,让客户联名写信说我吃回扣,把我从发展成熟的片区调到鸟不拉屎的地方。"

说一件事他就喝一杯酒。我陪不下来,后面只能抿抿,抱歉地对他说:"真喝不动了。"阿杜笑笑说:"阿满你别学我,我们粗人都是胡吃海喝。"

我鼻子一酸,突然想起他给我带饭的事情。

想提旧事,但话到嘴边,还是咽下去了。

"你知道吗?"阿杜说,"我在西安打工的时候,几个初中同学经常提起你,你信不信?"他卖关子,胸有成竹笑着说,"虽说这么多年没见面,但我知道你大学是在上海读的,毕业先分到县里,到北京也就三四年吧。"

千真万确,丝毫不差。

"我就听他们说,也不插话。"阿杜说,"他们不知道咱俩关系好,我也没给他们说,那时候存的你电话,没想到几年了都没变,一打就通了。"

我惭愧,原来不是彼此遗忘,只是我单方面遗忘了阿杜。

直面二十一年未见的阿杜,一种鲁莽的冲动时时撅紧着我的神经,差不多脱口而出了,又被我挡住。我告诉自己,不能提如果——假如——

不敢。

不忍。

不知道是遗忘还是和我一样的克制。整个晚上我们喝完了三瓶白酒一箱啤酒，不间断地说话，阿杜谈了过去说了将来，却从未提及那个改变他命运的旧事。似乎要说到了，他一转弯，又不动声色地绕了过去。

假如，那天我不计较他的胆小怕事，告诉他我们还是好兄弟。

假如，他继续谨小慎微，没有用砖砸刘飞的后脑勺。

假如——

他肯定会有另一种人生，坐在我对面的也会是另一个阿杜。

我宁可相信他将那些旧事彻底遗忘了。

更相信一切压根就没有发生过。我得到的一切都是道听途说，说不定他根本就没砸刘飞的后脑勺，也没有被拘留被送少管所。他只是因为自己的某种原因辍学了，然后和许多同学一样去打工。后面也就顺理成章。

可以吗？不可以——我没法理直气壮地欺骗自己。

在一切善良公正的逻辑里，阿杜都应该有更加美好的前程。

可是呢，二十一年只证明了一件事：人生是条单行线，再回不到从前。

说什么都是多余，喝酒。一醉方休，不醉不归。

寻人启事

一

三天前,那个女孩失踪了。

他是下午才知道的。

杂货店沉默寡言的老板依旧谁也不理,同往常一样无精打采地坐在自己恒久不变的领地,不动声色转动着被厚重眼皮压迫着的眼珠子,警惕地来回张望:如果店里没人,就望向路上过往的行人或者对面的香格里拉小区;如果店里有人,自然是瞄着那人的一举一动,似乎在警告对方老实点,一根针都甭想偷走。失了光泽的老板娘见有人来,照例从置于最里面墙角桌子上的播放着电视剧的电脑屏幕后面机警地抬起头,然后边暂停播放边迅疾起身,忙不迭地颠着膨出的乳房,满脸堆笑热情洋溢地奔过来。但这回,她没再熟络地叫他大兄弟,并且紧急刹住了已经酝酿出来的热情,侧过头神秘兮兮望一眼门外,又凑近他,压低了声音问:"听说没,小豆子不见了?"

他似乎没听到,仍把注意力集中在货架上,寻他想买的东西。

老板娘对他的无动于衷显然不满,又说:"就是吕队长的姑娘。"

呃——他的表现就像三个月前第一次来到这里时那样生涩和谨慎。那天下午,他拘谨地进来向老板娘打听学校的事,老板娘没理他。他赔着笑脸要走了,老板娘却指着对面的香格里拉小区说:"学生嘛,那里面全是。"

那是后来所有故事发生的缘起。老板娘不知,他也不会告诉她。

每个人心里都藏着秘密,如厉鬼一样折磨自己。他不想在心里埋下秘密,可他什么都决定不了,也改变不了,只能被动地去接纳、应对和反击。

"吕队长嘛——"老板娘见他仍反应迟缓,急得不行,尽量压制着急促的呼吸欲提醒他,却止住了。她大概觉出对他说什么都是白费口舌,于是直截了当地讲:"就是对面的胖子保安队长,你们打过交道的,不会不记得了吧?"

"哦——记得。"

"他有个女儿,知道不?"

"嗯——知道。"

"叫小豆子。"

"对——见过。"

"失踪了。"

"啊——"

"都三天了——"老板娘盯着他,就像警察盯着诱骗犯、教唆犯、强奸犯、杀人犯,压迫得他喘不上气来。他尽力避过她冷眼射来的锋芒，却仍浸在煎熬里。她强调说："警察那里已经掌握线索了，坏人肯定是跑不掉的。"

他跑掉了。什么都没买。

二

打扫到第四栋楼的时候，小女孩又"咯咯咯"笑着躲在了他后面。

之前她被她肥胖威武的父亲呵斥着赶回去过三回，再之前，她趴在物业办公室的收费柜台上写作业，隔着布满尘土的玻璃，她朝他做了一个模糊不清的鬼脸。他那会儿气愤沮丧到了极点，根本没心思回应她的友善。

"你不用都听他们的。"

他没理会她，狠狠地拄着拖把从顶楼一个台阶挨着一个台阶滑下来。他感觉到自己胸腔内有一团熊熊燃烧的烈火，正通过两个鼻孔怒不可遏地喷射出来。他用力把一个空易拉罐踢到墙上，反弹回来，从楼梯扶手一边的栅栏间隔里掉了下去，发出哐哐当当的脆响，他紧跟着大喊了一声"操"。

小女孩并未被他的粗暴吓走，只不过站得远了一些。他意识到了她的变化，却并没有回头，仍旧拄着拖把拖着脚下的楼梯。他下一级台阶，她就紧跟着下一级，他停住，她也停住。她又一次强调："真的，他们都是吓唬你的。"

他终于回过头。小女孩七八岁，齐耳短发，一笑，两个酒窝就得到命令似的挂在了嘴角。她对他做了个鬼脸，他稍犹豫，僵硬地回了一个。

她又"咯咯咯"地笑了起来,问:"你不生气了吧?"

他正色道:"我从没生气。"脸却仍旧僵着。

"别骗我。"小女孩仰着头说,"他们欺负你,你肯定生气了。"

"哪里有?"他调动面部肌肉,尽力地从僵硬中挤出一丝笑容来。

"你刚才都骂人了。"

他顿觉羞愧,那一丝笑容也即刻逝去。他转过身,继续干活。

"不过我可以帮你。"小女孩连上几级台阶,冲到了他的正前方。

他看着她,弄不清她想要做什么。

"跟我来——"

女孩拉他到楼下,指给他说:"楼道不用管,楼与楼之间的这三条马路你负责两条,我负责一条,结束后咱们在前边的小花园里汇合。"说完,女孩就"咯咯咯"笑着一溜烟跑了,他没机会说行还是不行,只能按她说的做。

大概一小时后,他在小公园里如愿见到女孩。她正荡在儿童用的那种小秋千上,一边嚼着泡泡糖吐泡泡,一边仰头望着头上的树或者树上的天。

女孩好像算准了他来,从他走进花园就盯着他,一直到走近她。

"你真老实。"女孩仍旧荡在秋千上,仍旧吐着泡泡糖,说,"像这种地方,随便弄弄就行了,你还搞得那么仔细。"又说,

29

"害得我都等你快一个小时了。"

"嗯——"他忘记了自己想说什么,就什么都没说。

他们强行安排给他的活,他干完了,恨不得马上就走。

"谢谢你。"他说服自己平等视她,也尽量将自己的语气调整到平和友善。

"不用谢。"她"咯咯咯"地笑过一阵,用银铃般悦耳的声音说,"我叫小豆子。"

"谢谢你,小豆子。"他又重复了一遍。

"你明天还来吗?"

"嗯——来。"

她欢快地伸出双臂,被秋千带向了空中,欢呼着——"哇,太好了。"

他被她的欢乐所感染,严裹着的心也飞到空中,自由自在,无拘无束。但旋即,他想到了迫在眉睫之事,想到了曾经的无限可能已成为不可能,想到了更为久远的已被改变的以后。刹那,几乎是坍塌式的,他又坠入了刚才的恶劣情绪中。他的胸腔里急剧地酝酿和积攒着熊熊的怒火,纤细的鼻孔内壁已强烈感受到了灼痛之感,似乎瞬间就能烧毁束缚着他的理智。

他迅疾转过身去,没有和她告别,急匆匆消失在花园的尽头。

"嗨,你这个人——还没告诉我你的名字呢。"

她止住了秋千,却连他的影子都看不到了。

三

直到回租住的半地下室看到空荡荡的桌子,他才想到今天回来应该买鸡蛋、火腿肠、啤酒以及充当早餐的面包、燕麦,可在杂货店被老板娘问得心烦意乱后竟两手空空地走了。他惊惧,那会儿真像被摄走了魂魄。

他在电磁炉上煮熟仅有的十来根挂面,想再找点其他吃的扔到锅里,让这顿晚饭稍丰盛些,可除了一个烂苹果,什么都没找到。他又添了些水,继续煮沸后,一边吹着升腾的热气,一边呼噜噜连汤带水通通吃了下去。

他说服自己的胃——应该饱了,然后上床睡觉。

他迷迷糊糊将要睡着了,却被床尾一侧房间的说话声吵醒。他重重地叹了一口气,想着,准又是做销售那小子带人回来喝酒了。果不其然,隔着薄薄一层木板,很快就传来拉桌子的声音、开易拉罐的声音、打火机点火的声音。根据声音的密集程度和捕捉到的信息,他推测今晚就两个人。

仍旧和每回一样,喝到最后,做销售那小子就大着舌头一个人说,从怎么差点考上大学,到怎么差点跟着表舅去国外,再到开的公司差点揽到大业务避免倒闭,后来惯常是差点娶了富人的女儿,落脚点是差点推销出去的一套房子和差点到手的一笔提成。那小子总要哭上一阵子,仿佛那些差点到手的都是到手之后失去的。每一回陪那小子喝酒的人都变着法子对其宽慰,承认那小子具备某方面的能力和人品,只是运气差了一点点。他们坚信那小子总有一天会弄出名堂。他则每回都想和那小子干一架,终究压下火的原因是他注意看过那小子,西装革履,谦虚憨厚,像是个朋友。

大概十一点多,喝酒的散了。他抓紧睡了一会儿。

准时凌晨一点,床头一侧的房间里又开始做爱。

男人传递过来的野蛮和凶狠就像是用自己最尖锐的匕首在捅杀不共戴天恨之入骨的仇敌,裸体撞击和木床摇晃的和音如火车轰鸣般汹涌而来。

男人惯常穷凶极恶地威胁女人:"快说,我厉害不?"

混杂其间的奇特之声让他很容易联想到骑手对胯下之马的驭使。

女人连连求饶,就像要死去了,却仍挣扎着给了男人想要的答案。

他们所说的他听得字字真切,他们的沉默他也感同身受。

女人对男人的技术质量鉴定告一段落,接下来就是无休止的火车的轰鸣。他已开始厌恶这种交响了,就像厌恶自慰之后带来的虚妄之快感。

他试图拒绝,把头蒙上却全不管用。

他关不掉声音,只能沉浸其中,每个毛孔都像被裹挟着疯狂奔跑,痛苦而疲惫。他用拳头咚咚地擂了几下墙,伴随头顶灰尘扑簌簌下落,那边也瞬间调成静音。整晚,火车停止轰鸣,他不再有任何想入非非的借口。

他蒙头欲睡,却更睡不着了,翻来覆去总想起那个叫小豆子的女孩。

他尤其对她那天得到礼物之后的喜悦记忆深刻。

四

他在去工地前,照例先绕着香格里拉小区走了一圈。隔着生出锈迹的黑色铁栅栏,他多数时候看到的是沉浸在稀薄雾霾中的死寂,偶尔,能看到小心翼翼蹿出来的野猫,换班的保安,以及赶早班车的住户,也瞥见过一回胖子。他和往常一样,把裹在土黄色帆布书包里的东西攥得紧紧的。

在他之前贴过广告之地有一张白色的纸突兀地映入他眼中。他们曾趾高气扬地警告他说,在这个地方,不可能有也不会有任何的小广告。他早就默认了他们的信口开河和厚颜无耻,但还是被吸引过去,是一则寻人启事:吕宇萱,女,2009年9月2日出生,本月7日在香格里拉小区走失,上身着米黄色羽绒服,下身穿黑色裤子,望知情者与家属联系,或告知警方。下面留了家属吕先生以及两个警官的电话。他起初并不在意,可突然想到昨天杂货店的遭遇,再凑近些细看照片,果真是他见过的小豆子。

记完上面留的电话,都走出去一段路了,他又改变主意,转身往回走。

他环顾四周,见无人注意,迅疾撕下寻人启事,卷起,塞进裤兜。

天快黑的时候,他终于等到了那个令他印象深刻的瘦高个年轻人。年轻人显然并没有留意到他,打着欢快的呼哨,锁上共享单车,一头钻进了半地下室的楼道里。他紧紧地跟着,不等年轻人关上门,强行挤了进去。

"你干什么?"年轻人惊慌失措地后退了几步。

他死死地盯着年轻人，右手塞进帆布书包，左手背着身把门关上。然后掏出卷在裤兜里的寻人启事，扔给年轻人，叱问："告诉我，她在哪里？"

"她是谁？——我不认识。"年轻人只扫了一眼，就又警惕地回头盯着他。

"她是香格里拉小区保安队长的女儿，失踪了，保安队在找她，警察也在找她。他走近年轻人，她只是一个孩子，大人的账不能算在她头上。"

"我不知道你在说什么，我真没见过什么保安队长的女儿。"

"这个是你给自己买的吗？"他在杂乱的床头拎起一个撕破的水彩笔的外包装盒，咄咄问，"你画画吗？"他狠狠地直视年轻人，"说，她到底在哪里？"

"我不知道。"年轻人瑟瑟地缩到了墙角。

"你杀了她？"他逼到墙角。

"没——没有，绝对没有！"年轻人的脸因惊慌而变形，颤抖着频频摆手。

他用脚踩着年轻人的前胸，从帆布书包里掏出用起子磨成的匕首，攥得紧紧的，他颤抖的手把颤抖的匕首顶在年轻人的喉咙上，咬牙切齿狠狠地威胁说："把你知道的所有的事情都讲出来，有一句漏掉的，我就捅死你。"

"好的，我说——我说——求你先把这玩意儿收起来——"

"那个死胖子欺负我，让我尊严扫地。他们打我的头，还踢我的裆，长这么大从没人这么让我受过屈辱，我发誓让他们后悔。尤其那个死胖子，我恨不能将其碎尸万段。我起先没想过诱骗那个小女孩，可她太好骗了，我就想在她身上撒气，我想了很多招数，都足以把我引向万劫不复的死地。"

"你他妈的少废话，快点说——到底把她怎么了？"

"没怎么，她拿着我给她买的水彩笔走了。"

"你这个死变态，死骗子！"

"我说的都是实话——我想用水彩笔骗她，她却把我的水彩笔骗走了。"

"她骗你？"

"对呀，你以为呢——"

"她大概知道我想干什么，轻声慢语给我讲：'我虽然拿了你的水彩笔，但你可别想伤害我，我给保安队的叔叔们都说到你这儿来玩，他们知道你，保安室的墙上还贴着你身份证的复印件呢。'你说，我哪还敢对她怎么样？"

"然后呢？"

"她走了。"

"去了哪里？"

"哎哟，这个我可真就不知道了。"

"操！"他狠狠地把匕首捅到了年轻人背后的墙上，三合板的隔断轻而易举地被戳穿了，那边传来女人的尖叫。他没理会，甩上门愤懑地离开了。

五

他在途中去了一趟超市，买了鸡蛋、火腿肠、啤酒、面包和燕麦。他从下楼梯开始就觉出异样，却没有退缩，继续朝他唯一的归宿地走去。如他所料，门虚掩，里面坐着两个警察，几乎在他进到地下室的同时，另两个警察也从后面警惕地靠上来。他从容地走进屋子说："我知道你们会来。"

"是？——"警察对他的反应有些意外，意味深长地互相望一眼，很快又恢复到最初的胸有成竹——"这么说来，吕宇萱的失踪就果真跟你有关了？"

他扫视一圈被翻得凌乱不堪的屋子，气定神闲地说："我也在找她。"

问他话的警察笑了："你这是想给我们传递什么信息呢？"

"她是她自己，不该为别人的过错承担后果。"

"说明白点，什么意思？"

"她有一个愚蠢至极的王八蛋父亲，这不是她的过错。"

"你说你在找她？"

"她失踪了，我也担心。"

"你担心——嗯——言归正传——说说你和吕宇萱什么时候认识的？"

"三个月前。"

"具体什么情况，说说吧。"

戴眼镜的年轻警察打开黑色封面的笔记本开始记录，同时也把黑色的录音笔打开，却无处放，就近腾出一个凳子，放上录音笔，拉到他近前。所有人安静下来，俩警察还专门掏出手机调成静音，都听他一个人讲——

"她连着一个星期都帮我打扫卫生，我知道她有自己的小心思。从第二天起，她就暗示我，说有一回介绍同学到对面的杂货店买彩纸，老板娘给了她两颗彩虹糖；还有一回帮着一个女业主找到了困在树墙里的小泰迪，那个女的给了她一串玉石手链。我原本并不想理她这个茬，你们知道的，我到小区打扫卫生本来就是受到胁迫，不但遭受屈辱，还没有一毛钱的工资，这下好了，她倒还想让我倒贴钱。当然了，这倒也不单单是钱的问题，主要是我心里过不去，自己说服不了自己。可是，我很快就改变了主意，问她想要什么，她起初羞涩，但很快就直截了当说要一套彩色的橡皮泥。"

"你给她买了？"

"买了。"

"怎么又买了？"警察问，"之前不是心里过不去吗？"

"哎，就是嘛，这个我也说不清。她不是一个令人感到厌烦的孩子，我是说，如果和那个死胖子保安队长撇清关系，我倒宁愿她成为我家里的一个小孩。小孩子嘛，总有可爱的一面，说不定你开始还坚决得很顽固得很，可一转身，心就软了。她总能给人枯燥的沮丧的生活带来乐趣：有一回，她假装矿泉水的瓶子打不开，我帮她开，她却恶作剧地猛捏瓶子，水是满的，喷了我一脸一身；还有一回，她说我讲话气到她，装着气愤的样子说要惩罚我，我还以为她要怎样呢，结果她给我嘴里塞了一颗糖，说这样就能学会甜言蜜语；还有一次，我不知她从哪里弄到别人的化妆品涂在脖颈上，非要拉着我闻味道，我说的不称她的心意就不善罢甘休，连讨饶都不行。虽说她只是一个小女孩，但大庭广众之下我尽量和她保持距离。"

……

37

警察干咳了几声，打断他，强调道："说重点。"

"我跟她见面都是这些提不上台面的琐碎事，也没个什么重点。"

"这样吧，你说说最后一次见吕宇萱是哪天？"

"一周前。哦，应该不到一周，六天前。"

"到底什么时候？"

"上周四下午。"

"具体讲一讲。"

"我带了之前答应买给她的全套《百变马丁》，她说好那天下午取的，可我等到快天黑的时候她才来。我进不去，她也没出来，只是隔着栅栏对我说，那天她不方便把书拿回去，让我仍保管着。她兴致不高，感觉是受了委屈，我敢打包票说，肯定是那个死胖子打她了，我见过她背上的伤痕。"

"背上的伤痕？"

"哦，是她有次专门给我看的。巴掌大一块呢，乌青乌青的，你想想下手得有多狠，我一碰，她直叫，疼得眼泪都在眼眶里打转转。"

"她说谁打的？"

"那还用说，肯定是死胖子。"

"之后再没见过吕宇萱？"

"没。"

"还有什么要说的？"

"有。"

"说。"

"我保证，小豆子要有什么事，肯定是她那个王八蛋父亲干的。你们可能也知道，那个死胖子吃喝嫖赌都干，肯定是丧心病狂把女儿卖了换钱。"

警察没接他的话，互相交换完眼神，就收拾东西离开了。他们都走出了地下室，一个警察又折回来，盯着他讲："有什么新情况，及时告诉我们。"

"嗯，肯定，可你们也要盯紧那个死胖子。"

六

准时到十点，杂货店的老板娘提着饭盒，挺着饱满的身体，笨拙地朝着与他相反的方向走去。看着老板娘拐过街角，他才从暗处出来，闪进店里去。老板坐在门内侧的一边，照例不理会他，茫然地望着被霓虹渲染过的黑夜。他掏出用起子磨出的匕首，对老板说："嗨，给我找一把同款的。"

老板不耐烦地起身，向杂货店的里面走去。

他自作主张拉下了卷闸门。老板闻声，骂骂咧咧地赶过来："他妈的这是干什么，老子要到十二点才打烊！"他狠狠地盯着老板瞪着他的眼睛。

老板欲再把门拉上去。

他挡住老板，问："你今年有五十岁没？"他把匕首顶在老板裤裆处。

老板猝不及防，惊得连连往后退了几步："你想干什么？"

他把门往下拉死，起子仍顶在原处，问："你把小豆子弄哪去了？"

"我的天哪，这种犯法的事你怎么能问到我的头上？"

他把匕首缓缓地往里捅去。

"哎呀，戳到肉了。"老板咧嘴喊着，欲用双手去护睾丸，却又不敢动他戳进去的起子，只能把腰弯得更下，"你知道的，虽然给小区送货的时候总要被吕胖子敲诈，但我也不至于为这谋害小豆子，再说，我也不敢呀。"

"你给小豆子交学费是咋回事？"他的手仍旧继续用力。

"哎哟哟，戳到了，戳到了。"老板尽力把屁股向后拱，匕首却跟着妥协的睾丸一起走，"兄弟别挨这么近，真戳到了，我真不知你说的哪门子学费。"

"绘画兴趣班，三千八。"

"你——你——你怎么知道的？"老板睁着铜铃般的眼睛瞪着他。

"我无所不知，你最好老实点——说，你把小豆子怎么了？"

老板沮丧地低下头，连着叹了几口重重的气，随后，才又把头抬了起来，显出扭曲的表情，狠狠地说："我倒是想怎么呢，可那小杂种精得很。"

"你得说清楚——警察怀疑是我干的，我可不想背这黑锅。"

"真顶疼了。"老板尝试着挪开怼着自己睾丸的起子。

他犹豫不决地把起子抽出来，却仍攥在手里，对准老板的裆部。

"我只是想出口恶气。"老板垂头丧气地说，"唉，也不怕丢人了，实话给你说吧，我那个贱婆娘和吕胖子勾搭上了。起初只是让她和吕胖子说说好话，不要每回敲诈那么多，谁知她那么不知检点。我想杀了吕胖子，可掂量着自己不是对手；和那个贱女人有两个在老家上中学的孩子，还牵扯财产分割，这婚一时半会儿也没法离。可我这绿帽子戴上了，心里憋屈呀。那小豆子三天两头到店里来，我就想打她的主意，不为别的，就为报复吕胖子。那小姑娘也是见钱眼开，她给我提要求，说吕胖子不给她交画画的学费，让我交。交就交呗，犯罪的心都有了，还在乎这个？想不到她跟我玩心眼，不但不认老账，还威胁我说，不听她的，就把我想对她做的事情说给吕胖子和我们家那个贱婆娘。她倒是捏得准，知道我怕谁。是啊，那些人惹不起也躲不起。她就是吃定了我的胆小怕事，总拿一些乱七八糟的玩意来换钱，我真心不想要，却还得乖乖把钱给她。"

老板从货架的最下面拉出一个塑料筐，里面有彩笔、橡皮泥、画板、跳绳。"你说说，谁来我店里买这些东西，也闹不清她这都是从哪里弄来的。"

他见到了之前他买给小豆子的橡皮泥和画板。

"你想都想不到，其实吕胖子已经在兴趣班给她交过学费了，她安排那个前台的老师和她演戏，我交过第二份学费后，她再要回来，给那老师一百块钱辛苦费。你看看，这哪里像个七八岁的小孩子，简直都成了精了。"

"所以——你恼羞成怒，杀了她。"

"哎呀呀，可不敢这么说，她不杀我就算烧高香了。"

"老实点说，你是不是怕之前的龌龊事败露，所以杀人灭口？"

"我要有那本事，就直接灭了吕胖子和那个贱婆娘。"

41

他再一次用起子顶住老板，疼得老板连连后退和求饶。

"你他妈的糊弄我？"

"句句实话呀！"

"真与你无关？"

"对天发誓。"

"你最后一次见小豆子是什么时候？"

"她失踪的那天下午。"

"在哪？"

"这里，她放下一个破手链，要走了我五十块钱。"

"之后她去哪了？"

"鬼知道。"

七

他第一次见吕胖子是在两个月之前的那个上午。

他挂断电话兴冲冲赶到香格里拉小区的时候，吕胖子带领几个年轻的保安，正在树墙隔出来的背阴处宰杀一条有着白色长毛的拴着金色链子的狗。问清他的名字后，吕胖子就招手说："来来来，帮着把狗毛褪干净。"

"啊——"他被这突兀的要求弄得不知所措。

"赶紧过来，磨蹭个锤子。"吕胖子梗着脖子吼他。

"哦，好的。"他被动听命，当时好像也没有第二种选择。

他跨过树墙去褪狗毛，吕胖子和几个保安就闲下来，站在边上聊天。

吕胖子说："那家伙不是牛X吗？不是把狗叫宝宝吗？我就

让它变成屎。"

一个保安问："怎么把狗弄出来的？"

"家里没人，直接进去牵就是。"

"门没锁？"

"那家伙门户那么紧，怎可能不锁。"

"你有钥匙？"

"小区都归我管，我想进谁家去，还要钥匙？"

"倒也是，必须得畅通无阻。"

听到他们畅怀大笑，他直犯恶心。他第一次褪狗毛，也是第一次这么近距离地触摸动物温热的尸体。他忍着眼泪和呕吐物，直到把狗剥得精光。

他们在物业办公室炖上配好的火锅，开完啤酒，才顾上搭理他。

吕胖子问："哪个学校毕业的？"

"陕西师范大学。"

"西安的？"

"嗯。"

"咋跑北京来了？"

"准备考北师大的研究生。"

"哦，不错，年轻人有理想是好事。"

吕胖子看过他的身份证和毕业证后又递给了其他人。

火锅沸腾了，他们下完桂皮、花椒、辣椒、八角后，炖了一会儿，又开始下狗肉。一个保安说海带耐煮，就也下了几筷子。吕胖子说狗肉好熟，煮下去没多久就夹起来吃，边吃边告诉其他人可以吃了，他们就都去夹。

他像一个犯了错误的小学生，站在沸腾的火锅和吃火锅的他们边上。

吕胖子吃了七口肉，喝了三杯啤酒，一边嚼着嘴里的残余，一边转过身来对他说："你的学历没问题，干活也不错，但是你也知道，我们香格里拉是高档小区，高档小区就有高档小区的规矩。"吕胖子从旁边的桌子上拿过他前一天贴在外面墙上的补课广告，"你看看这个，是你贴上去的吧？"

"是我贴的。"白纸黑字的手机号码在上面，他没法否认。

"这就对了。"吕胖子夹了一大块肉塞进嘴里，又喝了满满一杯啤酒，混合在一起，鼓鼓地嚼着。"按我们小区正式颁发的规定，像你这种情况属于破坏环境卫生，是要罚款的，一张一百块，桌上有七张，都是你贴的吧？"

他觉出全身的血都在上涌，额头上密密地沁出汗来。

"我们香格里拉小区呢，以人为本，想着你一个找家教的学生，也没什么钱。"吕胖子顿了顿，侧过头看着他，"也不一定，你说说，你有钱没？"

他被压得喘不过气来，屈辱地摇了摇头。

"看看看——我就说嘛，学生不容易，所以也站在你们的立场考虑了，专门设定了以工代罚的办法，不用罚七百块，干七天活，一天抵一百。"

他置身于腾腾热气和咄咄逼人之中，感觉头脑发胀。

"行了，我也不征求你意见了，证件就押我这里，七天后来取。"

"可是——"他鼓起勇气说,"——我后天报名。"

"报啥名?"

"嗯——报考北师大的研究生。"

"那又咋了?"

"得用身份证和毕业证。"

"那是你自己的事,和我说不着,一码归一码。"

"我——必须得把名报上。"

"来——"吕胖子把刚才切狗肉的刀递给他,"弄死我,证件拿走。"

吕胖子的突兀之举超出了他的既有经验,他无力应对,也无法应对,只能虚弱地杵在原地。他们喝着酒、吃着肉,"哈哈哈"地嘲笑着他的软弱。

"行了。"吕胖子对一个保安说,"带他去划一下卫生区。"又对其他人说,"走,上趟厕所。"听了吕胖子的招呼,都起身,集体前往卫生间。吕胖子心满意足地说:"在我跟前装牛X,狗日的当宝的东西我偏给狗日的变成屎。"

他们大步流星地走过,就像得了开天辟地的胜利。

一个小女孩正捏着粉笔在水磨石地板上画画,抬头看他一眼,又很快低下头,继续画未完的画。他路过时,看到地上支离模糊的是一个女人的轮廓,小女孩给画起的名字是"我亲爱的妈妈"。肖像画得并不算好,她却极认真。对于突如其来降临的一切,他找不到可脱身之策,也没有第二种选择,只能跟着那个醉醺醺的保安,任其颐指气使地羞辱他、驱使他。

他那时只是在心里埋下了屈辱和愤怒的种子,还没想到要杀

45

人。就跟没杀过狗一样，他也从来没杀过人。可那回后，他倒算得上杀过一回狗了。

他们把狗的皮毛和五脏六腑埋进土里，就像什么都没有发生过。

八

到北京前，他在西安北郊一所中学教物理，并兼任班主任。

他从年初开始就苦劝自己要死心塌地，并心甘情愿听别人给他讲留在北郊的优势和未来，且深以为然。几年前，他从六十多公里之外的宫里农村考到西安时，从未想过能留下来，现在所得，是能想到的最完美的归宿。

他每周上十六节课，带两次晚自习，批改二百多本作业，进行七八次家长谈话……一切都游刃有余，考试和评比也排在前面。因为天生的平易近人和刻意修炼的耐心细致，他恰如其分地和学生们打成了一片。教导主任视他为自己人，极力撮合他与自己待字闺中的教语文的外甥女处对象。

他在学校里是被羡慕嫉妒的——他也曾短暂沉湎于那种虚妄的荣耀。

一切似乎都是定局，不管他的人生或者他周围的人的人生，都不应有节外生枝的妄想。任何人徒生任何不切实际的想法，都是对爱着他的所有人和他所处环境的伤害。这点他心知肚明，所以强迫自己循规蹈矩地生活，可这靠自我妥协得来的平衡在教研室李老师辞职去深圳后就彻底垮塌了。

就像春天的一阵风吹来，任何力量都阻挡不了万物的复苏。

他先是自作主张在学校辞了职,然后回家对父母告以详情。

"你——你会栽跟头的!"当了一辈子农民的父亲气得直发抖。

"那西安的户口就没了?"母亲曾以他城里人的身份为自豪,此刻则显得忧心忡忡。她以为看到了儿子人生幸福的结果,孰料巨大的未知才刚开始。

"与我将来所得比,这些都不值一提。"他倒是对自己信任无比。

"嗯——世上的事哪能像你想的那么容易。"

"还得慎重再想想。"

想啥,他工作都辞了,现在想也没用。

是的,一切都没用了,西安郊区的生活在他心中从向往沦为厌倦之时,所有附加其身的内在和外在都开始悄无声息地起了变化,而所有变化都浓缩成今日之毅然离去。期待久矣,只需一张车票,他便与往昔决然告别。

去北京——不仅仅是选择,而已成为他人生不可或缺的需要和希望。

他对自己的规划精细而完美:先考北师大的硕士研究生,想法得到北京户口,于三十岁前,蓄积力量在这令人向往的大城市来一次竭尽全力的冲刺。那一天之后,人生成为怎样他都接受——最起码,做了最大的尝试。

多美好啊,梦想在,正年轻,一切都萌动在不确定的希望之中。他张开隐形的翅膀,做好了腾空飞翔的一切准备——前方,远方,深邃的未来。

然而，这崭新人生的宏伟规划却在香格里拉小区的屈辱里戛然而止。

所有美好在尚未开始之际就被残忍地画上了句号。他试图说服自己这都是命中注定，欲妥协于事实，却无论如何都无法从那些刻骨铭心的片段里挣脱出来——呵斥、嘲笑、威胁等等，都成为刺痛着他的入骨的芒刺。

他沦陷于无能为力的黑暗之中，他无数次推演那天的事情经过，试图寻到出离桎梏的改变命运的办法，似乎有，却经不起第二次推敲。他不能接受再来一次却依然如故的结果，却也凭借一己之力找不到逾越屈辱之策。他在黑暗的租住屋里疯子一般自我启迪：要做一个有力量的人，要做一个无畏无惧的人，要做一个心狠手辣的人，要做一个敢于"杀"死别人的人。

一念之变，人往往能快速而决绝地变成自己的敌人。

他常常为不能说服自己而捶胸顿足。他左右开弓扇自己的耳光，他用陌生而拗口的最恶毒的咒骂羞辱自己，他把头长时间浸在冰冷的自来水桶里，他对着镜子朝另一个自己吐了一晚上口水，他用尖锐的钢刀在自己的胳膊上刻下一道道血淋淋的伤疤，他还用连续两百多次的捅杀结束了一只无辜仓鼠不明所以的一生。他在陌生之地和陌生人打了三场架，输了两场打平一场，最后却无一例外都是对方仓皇逃跑。他在一个吹着清冷北风的漆黑如墨的夜里终于明白：他用最残忍的方式战胜了自己，也战胜了所有的敌人。他如一个含冤隐去又归来的王者，期待着一场刺刀见红的杀戮。

某个阳光明媚的上午，他在杂货店买了貌似干活用的起子。

还买了磨刀石，刺啦，刺啦——他在逼仄昏暗的租住屋里一日日打磨着不泯的仇恨。

等着吧。他对自己说，一切都得做个了结。

九

他更换了居住之所，离香格里拉小区更近了一些。

无论晴雨，他每天都雷打不动要绕小区走上两圈，早上一圈，晚上一圈。也不耽搁什么，早上在上工前，晚上则是下工之后，这个时间段他也没什么要紧事，只如猎狗般搜索目标。绕圈过程中，他唯一的变化就是把一顶黑色的棒球帽压到头上，外在的是隐藏自己，内在的则是营造肃杀之气。

早上的小区里总是一副急匆匆的景象：学生们背着书包一路小跑，换班起晚了的保安衣装不整，赶早班车的上班族一边啃着方便食品一边往前冲，就连那些晨练的老人也在脚上加了劲道，好像去晚了就被别人占了地儿似的。他看他们，如同看到当老师时候的自己，便不由得怀念起那段时光。

晚上，小区里的人们稍显从容一些，也总有故事。

那个混进小区往门缝里塞小广告的瘦高个年轻人终于被保安堵住了。他们撕扯着把年轻人拉到物业办公室的门口，似乎说了什么过分的话，年轻人梗着脖子还嘴，被吕胖子甩了两个响亮的耳光。年轻人明显不屈服，欲挣脱反击，却根本不是对手，很快就被其他保安绊倒在地。吕胖子双手叉腰，威风凛凛地把一只脚踩在年轻人胸前，慷慨激昂，仿佛在发表至关重要的演讲。年轻人虽起不了身，却仍骂骂咧咧，又被乱脚踢了好一阵子。

后来连着几天,他都看见年轻人在小区里打扫卫生。

有一回,他看到了小豆子和年轻人在一起。他揣测,年轻人喝的纸杯里的水是小豆子偷偷地从物业办弄来的。他们就像是天然熟识的兄妹,不知道谁说了什么,两个人夸张地大笑起来。她抱着年轻人的胳膊,年轻人摸着她的头。看到眼前的情形,他生了闷气,恨不得吕胖子突然出现,给那个不知好歹的年轻人一顿教训,让其离小豆子远远的。当然,他心里清楚,是小豆子心甘情愿走近那个年轻人的,可又担心,她万一受到伤害呢。

他好几次都带着礼物,却没机会交到小豆子手里。

他还很多次看到骑电动车的杂货店老板被挡在小区的自动门外面。保安们收了老板的纸烟之后,有时奚落一番就放了进去,有时闲来找趣,就嬉皮笑脸讲一番不让老板进去的理由。老板一遍遍赔着笑脸求告着,那样子像是随时都会哭起来。保安们不管老板的难处,只顾自己开心,有时收了更大的好处也就放进去了,有时却并不那么容易。大概有那么一两回,直到他离开,老板仍在那里和保安磨着嘴皮子。他从没见过老板被激怒。

后来,老板娘替换了老板。骑着电动车送货进门的时候,老板娘照例给保安们发烟,他们除了明目张胆地窥视她与青春无关的仍旧饱满的乳房之外,倒没有更多为难之举,就好像他们从来都是友好热情的良善之人。

有一天,小区里多出一个衣着体面的疯子。疯子在道路和绿化带之间横冲直撞,一条金色的链子明晃晃拴在脖子上。疯子一会儿趴在地上往前拱着,一会儿"汪汪汪"地学着狗叫。没人干涉疯子,仿佛其离奇举动理所当然,或者所有旁观者都视其为一条狗。他也并不关注疯子的存在，就像每回看到的流浪的野猫，或者物业办门口多出来的一个垃圾桶。小区所属之物的增减他不关注，他是小区繁华和悲哀的旁观者，他只惦记着自己的事。

他偶然听闻，疯子就是那条他拔过毛的后来被吕胖子他们变成屎的狗的主人，以及更多——还没有成为疯子的疯子是一个有自己的企业，开保时捷卡宴的成功人士。疯子的别墅在香格里拉小区中心之地的圈起来的神秘园子里。吕胖子曾经以能与疯子说上话为荣，也特意加派人手对疯子的别墅严加保护。疯子投桃报李，也经常从车里撒出整盒的高档香烟给吕胖子，这种烟吕胖子从来不与其他人分享，只是郑重其事地强调：都把眼睛瞪大了，看见大哥的车来了，不要等着摁喇叭才开门。疯子从来都是不减速横冲直撞开进小区的。

疯子有一回遛狗，吕胖子又上去套近乎，顺手逗了狗一下，狗却不答应了，恶狠狠地做出战斗的姿势，吕胖子仍旧是嬉笑着，又轻踢了狗一脚。

"你——你——"疯子跟狗一样，也摆出一副战斗的姿态。

"不就是一条狗吗？"吕胖子不理解疯子就像不理解狗，却仍旧赔着笑。

"你——你才是狗。"疯子那时候还没有疯，却让吕胖子觉出了疯劲。

"大哥，你怎么骂我？"吕胖子的难堪和尴笑都放大了写在脸上。

"哼——"

"大哥——你看——这——"

51

"哼——宝宝,咱们走。"

疯子走了,吕胖子自觉受到了莫大的委屈,后来欲和解,想着就当没那个事一样,照样跟疯子弄好关系。可疯子不再给吕胖子扔香烟,甚至进出小区时都不扭头看其一眼。过后不久,他就帮着吕胖子把长毛狗炖了火锅。

警察不为一条狗的失踪立案,疯子花大价钱请了据说以前在刑侦队干后来开了私人侦探工作室的神探李鬼子。李鬼子在物业办公室后面的绿化带里找到狗的零碎时,疯子跪在地上号啕大哭,就像那条狗是其至亲之人。

小区的人议论——那条狗是不近人情的疯子唯一亲近的姐姐死后留给他的唯一的念想。他们同情起曾经飞扬跋扈到令他们愤怒和羞愧的疯子来,他们虽不知是谁把那条狗拆解得支离破碎埋在那里,却对此齐声怒讨。

他疑惑于一条狗的死竟能把一个体面的人变成疯子,并为自己的参与而愧疚。他那段时间也总把吕胖子想象成一条狗——杀死,拔毛,炖火锅。他曾担心扛不动死了的吕胖子,后来在一次冥思苦想之后想到了办法。

一个刮着大风的薄寒的下午,他看到上身只穿一件毛衣的吕胖子在瑟瑟发抖中用自己的军大衣把小豆子裹得紧紧的。另一个下午,他看到吕胖子抖着一身的赘肉跑向杂货店,买回了他似曾见过的橡皮泥和彩纸。他也看到小豆子狠狠地踢吕胖子,吕胖子不生气,只是一边弯着腰后退一边满脸堆笑解释着什么。他隔了生锈的栅栏仔细辨认,确是他认识的小豆子。

在吕胖子醉酒的那个晚上他是有机会的,到底却什么都没有做。

他在梦里见到了那条死去的狗。

十

他惯常绕着香格里拉的外围墙走,所有人都误以为那是他来去的必然途径。那天下午,他仍旧走在蓄谋已久的道路上,却意外看到杂货店的老板娘大喊着对他招手。他迟疑片刻,还是在老板警惕的注视下走了进去。

有重大新闻——小豆子找到了。

他颇感意外,追着问:"在哪找到的?"

老板娘边啧啧叹息边摇着头说:"没想到现在的小孩子能这么精,不过小豆子倒是孝顺——听说警察是在九里庄那一片的城中村找到她的。真没想到,小豆子的亲妈也在北京,而且好几年了。她妈得了病得住院,可医保不在北京,又没那么多钱,就一直拖着。小豆子这回是给她妈送钱去了,啧啧,你猜她攒了多少钱——一万多呢。听说钱不是她爸的,她可真是了不得,也不知从哪儿弄的这么多钱。她妈有这样的女儿准是上辈子积了德。"

"嗯,找到就好——警察把小豆子带回来没?"

"没,人家跟亲妈在一起,不回来,警察总不能五花大绑吧?可能批评教育一下就算了事了,不过把她爸吓得够呛,这段日子明显都瘦了一圈。"

老板的眼珠子转到里面来,狠狠地瞥了一眼老板娘,老板娘并未觉察。

"那个村子叫什么?"

"哪个?"

"九里庄那个。"

"芳村还是房村,也可能是方村,嗯——谁知道呢,反正就是这个音,不过呢——"老板娘压低声音凑近他说,"听人讲小豆子妈妈干的是见不得人的行当。"又说,"不过她和吕队长早就离婚了,她干啥别人也管不着。"

"什么行当?"

"哎呀——这个你都不知道,嗯——就是做皮肉生意。"

"啊?"

"就是卖呢——"

他买了一把电热水壶,结完账出门时,见老板娘把一个塑料筐重重地扔到了地上,厉声数落着老板:"也不知道你进这些破烂玩意儿能卖给谁?"

老板的眼睛仍盯着外面,置若罔闻,并未回头。

从杂货店离开后,回家的路上他得知吕胖子被人捅了刀子。

一个六十多岁戴眼镜的干瘦老人坐在四海酒店门口举了个纸牌子,上面用毛笔工整地写着"寻找目击证人"。见他走近,老人连忙站起身:"你好,请问昨天晚上你有没有见到一个喝醉的人被搡着往北边的小胡同里去?"他得知老人是吕胖子从河北老家连夜赶过来的父亲,也听吕胖子父亲说了事情的经过——吕胖子被陌生人叫去喝酒,喝多了,又被另外几个陌生人搡着进了正在整修的没有路灯的胡同里,吕胖子在那里挨了四刀,警察调查时发现四海酒店门口和胡同里的摄像头都出了故障。所幸有一个认识吕胖子的车场管理员十分确定地说喝多酒的吕胖子被人搡到胡同里去了。搀吕胖子的人裹得很严实,加上天又黑,所以没看到正脸。吕胖子的父亲坚信一定有人看到了害吕胖子的人,并对他说,摄像头坏了还有人的眼睛呢。老人显然知道自己儿子在这一带的坏名声,但对别人兴高采烈地谈论吕胖子的飞来横祸还是感到伤心。见他并不打算急着离开,老人就试图给自己的儿子洗清罪名:"小刚当兵前在高中当了三年体育委员,也是出了名的热心肠,老师家里有个事啊,同学家里有个事啊,都愿意叫小刚去帮忙。高中毕业那年,我想着让小刚报考体育学院,将来毕业当个体育老师,可小刚看厂里一个小孩穿着军装威风,就坚决要去当兵。小刚在部队干了五年,当过班长,还入了党,回来后安置在我们厂里的保卫科。小刚是个本分人,你说,踏实日子这样过下去该多好。嗨,可是娶错了媳妇,那女人跟别人瞎胡混,小刚去说理的时候两个人打了起来,那人没事,却把小刚关了半年。出来后小刚就跟变了个人似的,我说不下,也管不住。"

老人重重地叹息:"嗨,你说,一个本分的人咋就变成了这样。"

"死了没?"

老人扭过头来惊愕地看着他,伤心凝成了泪在眼眶里打转转。

"在重症监护室。"老人哭起来,"你们是谁呀?怎么都盼小刚死呢?"

"你儿子是坏人,坏人都得受到惩罚。"

"小刚以前是好人。"

"以前可没人想着弄死你儿子。"

"唉——"老人连连叹着气，孤独地用袖管擦着汩汩而出的老泪。

他走出很远，回头看，老人还在那里，仿若烈烈寒风中的一尊雕塑。

他在医院耗了七天，终于等到吕胖子活了过来。

从医院回租住屋的路上，他再一次见到了失去心爱长毛犬的疯子。这世上大概没有了爱疯子的人——疯子那身曾经体面的衣服早已破烂不堪，俯身在同样臭气熏天的垃圾桶里翻拣着，可能是找吃的。见有人来，疯子受到惊吓，"汪汪汪"地大叫着跑开了，躲在远处的角落里，偷偷往这边瞄。

他买了一大袋子面包，两瓶矿泉水，放在疯子胆怯的注视里。

他有些伤感，仿佛预见了疯子不久之后面目狰狞的死亡。

归来一路，他都尽力平复着自己剧烈起伏的呼吸。

他架起磨刀石，把在水里浸过的起子捞起，紧紧按着，一进一退，大约二十分钟后，他在手背上小试锋芒，刺出了血，他很满意。他把起子用报纸卷起来，装进帆布书包。他转身扫视了屋子一圈，如同策划一场崭新的告别。他走上前去，把挂在墙上的从某本杂志上撕下来的一边毛糙不平的日历扶正，凝视着红笔圈出来的两个日子——一个是报名，一个是考试。

他擦掉无声掉落的眼泪——关灯，锁门出去。

大雪之夜

路边的车子突然就发起疯,"哇呜哇呜"尖叫着把昏睡的黄不识从梦里叫醒。他在惊觉中四望,极力调动着疲惫迟钝的感官,却仍想不起是何时、又为何坐在这银行营业厅外的台阶上。夜空无边无际,大地一片苍茫,雪花仍在飘飘,就像观赏过的舞台剧的背景。雪花落在他的头上和领子里,悄无声息地化成了水,带着冬夜独有的悲伤钻进他的血液中,生出令他厌恶的冰冷寒凉。他拨浪鼓般晃了晃昏沉沉的头,终于想起在桃园酒店的饭局。老曲要送他,他不让,趁大家不备,奔跑着钻进了刚起势的大雪里。

黄不识想起他和一个陌生人有过争吵,然后还给小纸打了电话,再然后,他恍惚记起和车子、大路去朱老八的大排档喝二锅头。但很快他又自我纠正,后者只是他醒来前的一个梦。大路得了肝癌,确诊之前,他还让大路轻松点,说要喝顿大的压惊。大路也乐观地说让他等着,必须一醉方休。这些年里,他们总有喝酒的由头,总在一起喝酒,也总一醉为快,但那样的日子终于还是一去不复返了。他们以友谊之名把酒喝得酣畅淋漓,到头来,却什么都没有了。他上次见到骨瘦如柴的大路，还是一个多月前在医院。确诊之前，大路的酒量已经越来越差，喝一点就烂醉如泥，还总胡说八道，他们常等大路吐完闹完，才扶他回家。他搓把脸，艰难起身，瞬间，从身上发酵出来的呕吐物和酒气混合而成的酸腐味一股脑儿涌到了鼻腔里，他直犯恶心，俯身就吐，嘎嘎哇哇过一阵，终是将热闹饭局里的残留之物都倒了出来。他擦把嘴，扶着冰冷的广告牌，踉跄着闯进雪地里。

他坚信能准确无误摸到回家的路。他清楚记得小纸说在家里等着他。

路面缺失的一块地砖仍旧没有补上，虽然大雪让整个世界归于一色，但黄不识知道那里缺块地砖，并且能精确地判定位置，因此他有意去踩时，准确无误地把自己绊了一跤，随之身子一歪，栽倒在绿化带里。绿化带挡住了风，黄不识觉得没有之前那么冷了，他紧了紧羽绒服，索性就势躺了下去。黄不识在迷迷糊糊中被电话铃声吵醒，他不想动，铃声却一直响，他极不耐烦，坐起来摸了好一阵，才找到手机。是小纸，又催他回去呢。

"嗯，我没挂你电话，我好着呢，没事。"他说。

"嗯，知道了，在院子里呢，马上进门。"他又说。

黄不识显然高估了自己掌控局面的能力，小纸追着问他具体位置，要来接他，他用粗暴地摁掉电话来拒绝小纸，就像之前一次次向小纸示威的那样："我才喝了那么点，哪能有什么事？"小纸不干涉他喝酒，只是劝他少喝点，就这也让他生出厌烦来。他总强调说男人的酒场就跟男人的事业一样，女人懂不了。他酒后就跟个说书人一样喋喋不休，小纸向来无从插话。他惯常是在事后对自己所说的话毫无印象，好像他从来没说过，小纸也不提，好像从来没听过。旧事被有选择地格式化，第二日又重新开始。

　　黄不识像风暴中的小船，好不容易从绿化带里起身，却站不稳，又踉跄着横过步行道倒在了另一片绿化带中，再起身，又倒下。他和自己较上劲，嘴里骂着脏话，就像在和一个蛮不讲理束缚他的人搏斗。他终于站到了步行道上，虽不稳，却可以朝着家里去了。他信念坚定，小纸等着他呢。

　　就算大雪成心捉迷藏，黄不识也坚信记得小区里一草一木的位置，可偏偏被入户门前面的台阶给绊着了。他不甘心倒下，奋力地想抓住就近的电动车保持平衡，却带着电动车一起倒下。他也顾不得电动车警报的啸叫，愤怒地骂起台阶来，就像对付一个暗地里陷害了他的宵小之辈。他说："我喝点酒怎么了，又把你怎么了，就非得这么对我？"又说，"上回的事我还记着呢，我不跟你计较，可你却一而再再而三来这一套，想死，是不是？"他的愤怒高涨起来，一脚蹬开刚消停下来的电动车，扶着墙走到台阶前，狠狠地一脚脚踩着，伴随着电动车的又一轮啸叫，他解恨地说："你逼的，都是你逼的，我不想伤害你，可你送给了我一个伤害你的理由！"

　　黄不识终于累了，他喘着粗气坐到台阶上，低着头，酒劲再次浮游上涌，他又嘎嘎哇哇地吐了一回，饭菜已经倒在了其他地方，这次出来的全是液体，微苦，是无辜的胆汁。屁股下面的雪被他坐化了，湿漉漉的，渗透了卫裤、毛裤、秋裤和内裤，把冰冷传递给了他尚余温热的肉体。"好吧，报仇来了是吧，跟我来这套，别以为我不知道，我是喝了一点酒，可是心里明白着呢。"

他似乎在威胁谁——湿了他屁股的雪,雪化成的水,或者窝藏和唆使这桩阴谋的台阶。他什么也没做,极累,低头又睡去了。

梦里正赴一场酒局,却被小纸挡住了。他说要去的场子要紧得很,小纸问,比命重要吗?他急得要走,却不知如何答复小纸。大概是那边来的电话又催了,他也似乎是必须得去。"你别胡搅蛮缠好不好?"他从不这样和小纸说话,旁人都知他爱小纸如手心里的宝。话出口,他知伤害了小纸,一闪而过的念头里是想过用不去换得小纸原谅的,却仍是狠心地走了。约好的酒店竟然关了门,他疑心自己记错了地方,却在转身之际看到了小纸。"回家吧。"小纸说,"这么冷的天会冻死人的。"雪还在下,电动车警报的啸叫声又一次响起,台阶冰冷,眼前的黑夜沉沉如墨,他起身,狠狠地踢了一脚墙,问小纸:"这是在哪里?"小纸说:"家门口。"他又问:"你怎么还不睡?"小纸说:"你不回来,我睡不着。""就是它!"他将倾倒的电动车指给小纸看,"它挡了我的路,要不然我早到家了。"小纸用半边身子架着他,腾出手来,吃力地将电动车扶了起来,警报声乍停又起。

小纸正给他换鞋,他却一屁股坐在了地板上。小纸去拉他:"起来嘛,换完鞋坐到沙发上去。"他却把小纸拉着也坐下了。他那被酒精浸透的脸像一把火,一丝一丝地燃烧着小纸的心,他带着央求的口气说:"别走,我有话对你讲。"小纸知道拗不过,就随了他。他嘿嘿笑着问小纸:"你知道我为啥这么晚回来不?"小纸顺着他的话答:"喝酒去了呗。"他仍旧嘿嘿笑着说:"我媳妇真聪明,一下子就答对了。"又问,"知道我为啥喝酒不?"小纸说:"喜欢喝呗。"他收起笑容,像孩子一样生起气来:"你这样说可伤我心呢。"又问,"我这是为自己喝吗?"小纸见他认真起来,赶紧抚慰:"我说错了,我说错了,你喝酒都是为了咱们这个家。"他听这么一说,立马高兴起来,抓着小纸的手使劲往怀里拉:"对嘛,你这么说就对了,你这么说就是真的理解我了。"又说,"你真是个善解人意的好媳妇,我娶了你算娶对人了,不像车子的媳妇,啥都管,管车子的钱,管车子的交往,就连喝个酒都跟着指手画脚。结果呢,没人敢和车子喝酒了,车子活成了孤家寡人,你说说,这好吗?一点都不好。男人么,没酒场怎么有圈子,没圈子怎么有朋友,没朋友怎么有事业?你说对不对?"还没等小纸答他,就又接着说,"我知道这几年你也不容易,跟着我大老远跑到北京来,在北京也无亲无故。你工作那么辛苦,还要管孩子、照顾家,有委屈也没处说去。我缺点很多,你有时候还要多担待,有啥事也别自己扛着,尽管给我说呢。"他说到动情处,几乎垂下泪来。小纸赶紧劝慰他:"没事的,我好着呢,我也知道你的辛苦。"他没打算把泪绷住,终究还是落了下来,他朝着小纸挪了挪,抱住她,就像当初他们恋爱时候那样热烈,动情地说:"但我告诉你,跟了我你永远不会后悔,你别看我整日里在外面喝酒,我喝的是酒吗?答案是 NO。我喝的是人脉,喝的是感情,喝的是不可限量的未来!"他问小纸,"老婆,你明白吗?"小纸顺着他答:"明白,明白!"

小纸去厨房给他倒水,回来时,他吐在了没来得及换上脚的拖鞋里,小纸忙放下水,好说歹说把他拖到了沙发上。小纸扶他喝了几口热水,就忙不迭地去清理弄脏的拖鞋。小纸刚转身,他又把刚进到胃里的水和着胆汁吐了出来,大部分在地板上,小部

61

分在沙发上。小纸又放下拖鞋,跑到卫生间拿来了脚盆,他却站了起来,摆着手说:"老婆你不用管我,我自己去卫生间。"他刚迈出两步,就被棉布墩绊倒了。他索性就趴在地上,做出匍匐前进的姿势说:"我不信这么近的厕所我去不了。"小纸赶忙放下脚盆扶他起来,他却憨笑着说,"老婆你力气可真大,一把就把我拉起来了。"小纸应和他:"大大大,赶紧去卫生间。"他趴在马桶边上,又嘎嘎哇哇地吐了好一阵子。小纸把水给他端到卫生间,他吐完,漱了口,就势将剩下的一饮而尽,小纸忙着拦他:"这水脏了,给你换一杯。"却已来不及了。

小纸把他安置在沙发上,给他脱了弄脏的外套,换上洗干净的拖鞋,擦干了身上的泥污和雪水,这当口,他不再胡闹,等小纸忙完,他竟已呼呼睡去。小纸给他盖上被子,返身去药盒里翻找之前买的醒酒药,还没找到,他又醒了。就像在一场短暂的梦里送走了胡作非为的酒鬼,他坐起来,望着小纸愧疚地说:"对不起老婆,又折腾你了。"小纸替他把被子往上披了披说:"我倒没事,关键是你别弄坏了自己的身体。"他抓起小纸的手:"老婆,我知道,以后会注意的。"小纸提醒他:"你哪回不是一喝多就说注意,酒醒后却又忘得一干二净,下一次仍旧喝得烂醉如泥。"他举左手在上,郑重地说:"我保证,以后绝不再喝成这样了。"小纸只能再信他一回:"但愿吧。"这时儿子熊熊出来上卫生间,他兴奋地喊熊熊,熊熊揉着眼睛问他咋才回来,小纸替他打掩护说晚上加班了。从卫生间出来的熊熊刚一走近他,就厌恶地用手扇着鼻前,就像惧怕他身上一丝一点的气味钻进自己的鼻腔里。熊熊厉声喝问他:"是不是又喝酒了?"他的微笑僵在脸上,没法答。小纸说:"爸爸喝酒也是为了工作。"熊熊不理这一套,说了句"酒疯子",就回自己房间去了,用重重的摔门声表达幼小心灵里郁积的愤慨。他重重地发出一声叹息,自熊熊记事起,就见不得他喝多酒,他一喝多,就变成了熊熊眼里疯子一样的存在。他酒后话多,话多就有失,失了言让孩子感到丢人,熊熊很多次说"我讨厌喝酒的爸爸""我不想喝酒的爸爸回家"。他被刺痛过,也下过不喝酒的决心,却终究在另一个时刻,被另一个更为强悍的理由战胜了,醉酒之态仍镶嵌在冗长平和的日子里,但无法躲避的是,酒后见到熊熊的反应时,他的伤心重新上岸。小纸安慰他:"孩子的话别往心里去。"他哀伤:"都是大人的问题,孩子说的心里话。"小纸心同此理:"那倒是呢,孩子也是为你好,你不喝酒的时候他可维护你了,不许我说你半个不字,悄悄话要给你讲,好吃的也给你留着,见了你喝酒倒变成了仇人一样。"他又一次说:"看来这个酒是得戒了。"

他心底里体谅着小纸:"明早还要去医院给熊熊看牙,你早点去睡吧。"上周学校组织例行的体检,熊熊的体检单上注明是龋齿,本来上周六就约好了医生,可他临时有事,就拖到了这周。他不打算进屋去睡,他知道自己酒醒后会失眠,会打呼噜,待会儿说不定还得去吐,小纸觉浅,稍微有些动静,她就睡不着。小纸却不接他的话,只是轻描淡写地问:"肚子这会儿空了吧,想吃小米粥还是清汤挂面?"他经这么一提醒,还真是觉出空荡荡的肚子给他要吃的呢,可实在不忍心再折腾小纸,就说:"你别管了,我要实在饿了,就自己找些东西垫吧点。"小纸铁了心要管他,坚持问:"快说,哪个?"他大概在拒绝的时候就已经想到了小纸不会对他置之不理的，她对他是真的好，结婚后搭伙过日子这九年里，所有甩在身后的那些埋怨、批评、指责和愤怒，都是指向对他好这个唯一的目标的。他认识的人和小纸打过交道后都羡慕他娶了个好媳妇，他总回复人家说小纸也找了个好丈夫，他好，她才好。别人被他绕进去，深以为是，但心底里，他是承认小纸好的。小纸的好常常让他感动，因为小纸的好总是超过了他的预期。很多时候很多场合，他觉得给不了小纸的好，小纸却能都给他。

小纸做的清汤挂面真是好吃，他连汤都喝完了，肚子里装上了东西，身体里也就有了暖意。他一边对小纸说"快睡吧"，一边回到了沙发上，他记得明天上午去医院的事，实心想让小纸睡个好觉。小纸不听他的，过去将沙发上的被子提在手里："走，进房间去睡。"他有些为难："我没洗澡。""没事。""我一身酒味。""我不嫌。""我——""我什么我，快走，你一个人睡这里我还担心呢。"他像一个做错了事的孩子，跟在小纸后面进了房间。他忘记了小纸有没有在醉酒之后骂过他，但刻骨铭心的愧疚每回都挥之不去，醉酒之后再醒来，他是另一个自己，想掐死之前的自己。

"晚上跟谁喝的？"躺下了，小纸才漫不经心地问他。

"吴老师。"他说，"给你提过的，我读研时的英语老师。"

"又为啥喝？"

"他孩子工作的事。"

小纸轻轻地"哦"了一声后，对他说："睡吧，明天还早起呢。"

他关完台灯也躺下了，却怎么也睡不着。吴老师是前天下午给他打的电话，说吴成调动单位了。他问哪里，吴老师说二所。他核实了吴老师说的二所就是他知道的那个二所后，自然就想到了刘进仓。刘进仓是他以前的同事，吴老师是他的恩师，而现在吴老师的孩子又无巧不成书地到了刘进仓的手下。他觉得能促成大家都喜闻乐见的事情发生，就毫不犹豫地告诉吴老师说，二所的办公室主任是他的好哥们。和他想的一样，吴老师当下就提议约刘进仓出来坐一坐。刘进仓接电话后问黄不识，是不是借钱，又说，他验证过了，三年五载不联系突然打电话的，十个有十个都是借钱的。黄不识知道刘进仓和他开玩笑，却听出了弦外之音，他这个电话虽然不是借钱，却也是有事相求。当年无话不说的好兄弟，竟然到了无事不打电话的境地，造成这种局面的借口真不好找，俩人上班的地方不过公交车的三站地，住得更近，隔条马路的两个小区，可算算，真有一年多没见面了。他觉出尴尬，但还好，刘进仓待他说清楚来龙去脉后豪爽地应了约。

刘进仓知道吴老师请客的目的，也很给黄不识面子，不但自己来了，还带来了二所的副所长，一进门他就给吴老师和黄不识介绍说："这可是我们管人事的常务副所长。"副所长和蔼可亲，没什么架子，落座后就一直笑脸对人。看得出来，刘进仓和副所长不但工作关系处理得好，私人关系也是亲密无间，他们之间不像上下级，倒像是可以勾肩搭背的兄弟。吴老师带了箱包装破旧的茅台来，详细地介绍酒的历史说："这还是我和吴成他妈谈恋爱那阵子去西南玩，专门到茅台镇买的。"刘进仓惊讶地拿起瓶子端详："这可有些年头了！"吴老师说："是啊，算起来也有二十五六年了。"副所长也盯着瓶子上的生产年份、配方表、储存条件什么的看了一遍说:"吴老师有先见之明啊,那时候比现在便宜多了。"吴老师如实以告:"也不便宜呢,买完酒后就没钱了,旅游中断,打道回府。"大家被逗乐了,刘进仓戏谑吴老师是"为喝好酒辜负美人"。吴老师接了话茬说:"可不是么,就为这,我老婆对我生了意见,差点分手呢。"副所长不让开酒:"这酒金贵,不能就这么喝了,得存着。"说着就作势喊服务员换酒。吴老师忙摇手止住说:"正因为金贵才要今天晚上拿出来,人家是美酒敬英雄,我这是拿老酒敬贵客呢。"刘进仓:"既然吴老师这么心诚,咱们也不能粗暴拒绝。""就是就是。"吴老师说,"今天晚上咱都尽兴地喝。"

黄不识很谨慎,前三杯喝完之后,除了和副所长碰杯倒满外,他都倒了酒杯的七成满。刘进仓提出来说他酒浅,他解释碰掉了,刘进仓倒没有像以前喝酒时那样强行给他满上。他不是讨厌喝酒,而是怕失态。大概从去年开始,他动辄一斤或八两的酒量一去不复返了,喝半斤醉喝三两也醉,有时甚至吹两瓶啤酒都醉。醉的评判标准是什么呢?就是兴奋、话多,更可怕的是断片,也就是间断性失忆,酒后即使才过去一个小时,他都不能完整想起酒场上发生的事,只能零星记起一个片段,一个瞬间,他做的一个动作,或说过的一句话,不管怎样拍着脑袋想,就是串不起来。比如说他酒劲上来执意要和谁喝个大的,他记得起这个,可到底喝没喝他就不知道了。他酒后看到额头上有个明显的血印子,可就是想不起是怎么来的。印象里说过一句骂人的话,却还原不出对谁说的为何而说。那种失去主动权的间断性回忆真是令人痛苦而绝望。喝多喝少都要醉，喝多喝少都会断片，这是黄不识没有想到的，却也是不得不面对的。他的确不讨厌喝酒，甚至很是享受那种微醺状态下无所不能的感觉，如果三两知己在一起，就是喝上一瓶子白的他都不怯。可往往酒场上是有别人的——陌生人、长者、领导，或者能够往外面传达酒场见闻的好事者。所以他就怕，怕无法掌控的言语冒犯了谁，怕醉眼蒙眬里的目光突然与另一个人异常清醒敏锐的目光相撞。他酒量在一斤或者八两那会儿，见识过太多别人的酒后出丑：赤身裸体在公园里睡觉；衣衫不整在十字路口指挥交通；抱住一个惊慌失措的陌生人号啕大哭；正吃着饭呢，就霍然起身在大庭广众之下现场撒尿。

黄不识没出过大丑，但他害怕总有一天会喝成那个样子。

他提醒自己，今天吴老师把压箱底的好酒拿出来办大事，他可不能添乱。黄不识在酒桌上很少说话，要说，也是接了别人的话恭维两句或者打圆场。他对自己今天的角色定位清楚得很，有一半时间都是搞服务保障，一会儿给吴老师添茶水，一会儿给副所长倒酒，菜上慢了，他又到外面和服务员交涉。副所长频频举杯，刘进仓敬他，吴老师敬他，吴成敬他，吴老师带来的两个女学生也敬他。黄不识看得出来，迎面坐着的这个副所长虽然在技术单位，却绝对是社会人的大酒量，他谈笑风生，来者不拒。当黄不识预感到出其不意之事即将发生之时，副所长果然笑眯眯地站了起来，他手里擎着即将见底的分酒器说："初次和吴老师以及大家见面，非常幸会！酒喝到这儿我也插空敬大家一杯，小杯表达不了心情，咱们就都举大壶，也不再添了，就壶中酒。"吴老师第一个站起来响应："好，谢谢所长，重感情，真性情，咱们都陪所长喝大的。"吴老师话落地，大家都站了起来，众人分酒器里的酒有多有少，黄不识扫了一圈，最少的是即将见底的副所长，其次是吴老师，最多的是两个女生——留了三分之二，然后是他——差不多还有半壶呢。先是两个女生交涉，提出仍旧用小杯喝，这时候吴老师也反应过来，当然知道两个女生不可能一口把大半壶酒闷了，赔着笑脸给副所长解释，副所长惋惜地说："这样啊，虽然咱们得怜香惜玉，但我觉得也不能让吴老师替美女们喝。"又问两个女生，"你们忍心老师替你们喝？"两个女生红了桃花脸，面面相觑，不知如何作答。大家都等着，想听副所长说这酒怎么喝，他却不往下说了，又一次擎起了分酒器说："这样，凡是带把的，先把壶中酒干了。"两个女生听出意思，觉出尴尬，脸更红了。俩女生已经破了例，黄不识不可能在这时再因讲自己的客观情况而打乱副所长喝酒的节奏，只能硬着头皮把一两多的酒一饮而尽。入喉瞬间，他觉出酒精化成的小鬼晃到了他的面前，小鬼挑衅地朝他做着鬼脸，他摆手扇了扇，装作没看见。吴成给副所长倒酒，副所长却用手捂住了分酒器，吴老师以为吴成有不周之处，欲亲自上，副所长却说："第一壶酒没清完，这下面的没法喝呀。"吴老师面露难色，副所长说："你怕啥，又不让你替你的女学生喝。"又说，"你就点将吧，既然两个美女把机会让出来了，那你就从你的人里点一个把她们的酒喝了，喝完，咱统一倒下一壶。"又说，"点一个人行，点两个人也行，这都是你们的'内政'，我就管不着了。"刘进仓嬉笑说："看来就算我想沾美女们的光也是没机会了。"副所长笑："不要急嘛，一会儿你自己再争取,我不信吴老师会挡着你。""怎么会挡,求之不得呢。"这边没等吴老师做出决断,已有些恍惚的黄不识倒是清醒地意识到他肯定得喝其中的一壶。他这时已站在了喝多与没喝多的分界线上,即使小小的一阵风来,也能把他吹向醉酒的一边。黄不识盯着两壶清澈透亮的酒,生出悲壮之感,他擎起其中一壶说:"我主动请战,沾个光。"然后仰脖子一饮而尽。吴成酒量也不行,保质保量喝完自己的都够呛,但这时候了,他躲不得,硬着头皮要端另一壶,却被副所长挡住了。副所长对黄不识说:"既然你主动沾光,两壶都是美女的,可不能厚此薄彼啊。"不容黄不识说话,小鬼已替他做了决定:"就是呢,一视同仁。"他端起另一杯仍一饮而尽。黄不识听到大家鼓掌,也听见副所长说:"好,咱们接着喝。"

　　黄不识知道自己喝多了,想自我控制,却管不住说话。他就像一台说话的永动机,说什么呢,也不知道,只是不停地说,话如水,汩汩而出。

　　后来呢,他乱七八糟地记起——他给吴老师说起当时上英语课时他们逃课去上网,问其中一个女生学校的网吧还在不在,并说那时管得松,他们常在校园网下载影片,还说起刘进仓找他在外面开一间挂名公司的事。他也记得他搂住了副所长的脖子,问副所长能不能让他叫声老哥,副所长不知道有没有答应,反正他是叫了。他也记起他亲了副所长一口,副所长的毛茬胡子扎到他脸的感觉尤其真切。他似乎还给吴成上了很长时间的教育课,只记得让吴成学会在单位装孙子,其他的都记不起来了。后来,是刘进仓从厕所进来时捅了他的后腰提醒了他,他清晰记得刘进仓警告他说:"少说话,今天的主角不是你。"他醍醐灌顶,后面的事情却全忘了。

他这会儿心里虚得很,不知有没有在他最尊敬的吴老师那儿说什么过分的话,不知有没有冒犯一直敬着他的学妹,也不知道是不是做过什么让副所长厌恶的举动,更关键的是有没有坏了吴老师请托副所长的事。他不敢往深里想,却又记起刘进仓捅着他后腰的提醒,额头上沁出汗来,惭愧和后悔又一次如鬼魂般附到了他的身上。他拿起手机想找刘进仓核实有没有出丑之举,可快凌晨一点了,他只能作罢,又一次陷入了无边无际的自责里。他觉出自己真是赤身裸体在众人面前丢了丑。这是小周送给他的话,更确切地说是小周送给自己的。他自认识小周就没见过小周喝酒,小周说,他之前也是总喝酒的,但出了几次事后,明白喝酒就是把神志不清的自己放到重要的场合里,是最傻的行为。他深以为是,并且钦佩小周的决定和他表现出来的决绝,但到自己,纵有千条理由万个说法也戒不了酒,每一次醉酒之后都后悔,但回回是好了伤疤忘了疼,难受劲一过去,就又喝上了。

黄不识刚迷迷糊糊有了睡意,却被肚腹之中的翻江倒海叫了起来,他掀开被子急忙跑到卫生间,抱着马桶又是一番呕吐。之前吃进去的清汤挂面的汤汤水水,就连每一星葱花都被他如数送到了马桶里,这还不算,仍有东西涌出,起先是喝进去的水,后来是褐绿色的胆汁,他觉得自己将要虚脱而死。他知道小纸站在他的身后,他接过她递来的水漱了口,仍旧抱着马桶,他说:"你先去睡吧,我马上进来。"他听到了小纸轻声的叹息。

黄不识已经没有了吐意,可仍旧长时间保持着抱马桶的姿势,一直等到他猜测小纸大概已经睡着了,才慢慢扶着墙站起来。他怕进屋取被子扰醒小纸,就摘下挂在进门处衣帽钩上的羽绒服盖在身上,静静地躺到沙发上去睡。后半夜的暖气缺斤短两,持久而叠加的寒冷闯进了他的梦境里,他以为摆脱了醉酒的折磨,却陷入了另一场惊恐中。黄不识是被自己的胡话惊醒的,他直挺挺坐起来的时候,小纸也跑过来,爱怜而哀怨地看着他。

"老婆,我梦到自己被冻死了。"黄不识伤心地哭了起来。

"你怎么一个人跑到这里来睡?"小纸过来抱住他,"你这个傻子。"

他觉出小纸的温热、小纸的好,给她讲:"我梦到醉倒在冰天雪地里,没有人管我,我叫你,你也不理我,外面冷得很,我真以为就那样完蛋了。"

"傻瓜,再不要胡思乱想了,我怎么会不理你呢,你是我老公,你是熊熊的爸爸,你是咱们家的主心骨。你放心,有我在,你不会冻着的。"

黄不识心头热烘烘的,他抱紧了小纸:"老婆,你真好。"

小纸也抱紧了他:"谁让我是你老婆呢。"

"我再也不喝酒了。"

"当真?"

"再喝就真冻死——"

小纸拦住了他的嘴:"不许瞎说,呸呸呸。"

"你不用担心,戒酒的事我说到做到。"

黄不识坚定戒酒的决心要感谢他醉酒后所受的折磨,以及那个吓到了他的冻死在冰天雪地里的噩梦,但那些显然不是阻断他

71

和酒亲密关系的全部理由。他和酒的恩怨情仇要是都变成文字，比一本书还厚，而且厚得多。这些年里，黄不识赴过的酒局多得数不过来，怎么说呢，酒就像一个冷艳性感的女人，作为男人的黄不识从视而不见到情窦初开再到痴迷其中不能自拔，酒成了他工作的一部分，生活的一部分，甚至生命的一部分。可他不喝酒时仔细回想，伤心欲绝的事实是：他视酒为初恋，酒却伤他千百遍。

黄不识起先也是不喝酒的，受不了那种辣舌头的滋味，听不得酒桌上慷慨虚假的承诺，看不惯醉酒之人的丑态百出。但工作后，他屏蔽掉之前的一切厌恶和不适，坚定而决然地走上了酒场：他陪客户得喝酒，请领导吃饭得喝酒，求别人办事也得喝酒。他顺理成章地转变思维，觉得喝酒是男人成长的一部分，担当的一部分，融入社会的一部分，没有酒似乎就不是一个完整而铿锵的爷们。他入的酒场多了之后，水涨船高地长了酒量，酒场上的说辞也熟稔有余，一个个人大概也通过酒场熟络起来了，一桩桩事大概也通过酒场办妥了。他似乎悟出和掌控了酒场的要义，从入局者逐渐地变成了组局者，为这事为那事，或者什么事也不为，就是想约上几个人喝场酒。他习惯了酒场上的推杯换盏，也喜欢上了整夜里醉醺醺，他那时候对还恋爱着的小纸说过——男人的战场在马背上、在酒杯里、在女人的肚皮上。小纸那时深爱着他，他说什么就是什么，小纸不纠正不反驳，只嘱咐他少喝点，身体要紧。他有一回去河南汤阴见一个客户，一晚上喝了白酒、红酒、药酒、啤酒，喝完就吐得昏天黑地，之后又睡得昏天黑地。还有一回到西安参加一个会议，他的老家在那里，亲戚、同学、朋友也有很多在那里，晚上就一拨接着一拨喝，一直从下午四点多喝到第二天太阳都出来了，他怎么回去的自己都不知道，醒来时已经赤身裸体躺在宾馆的被窝里。他是性情中人，架不住别人劝酒，就算再拙劣的劝酒词他也照单全收，对方说一口干他就一口干，对方说喝大的他就喝大的，对方说连搞三下他同样是举杯就喝，如此弄法，他每场酒也就必喝多。他又是心直口快之人，不喝酒都无遮拦，喝了酒更是像开了闸的水，尽情流淌、无拘无束，说了不该说的人，讲了不该讲的事，心底里有的，他都和盘托出，一丝一毫都不给自己剩下。酒醒后，他又后悔起来，宁愿花些金钱把丢在酒场上的一字一句都赎回来，可又怎么可能呢？坏也好更坏也罢，他说过的话讲过的事都成为别人认知里黄不识这个具体人的一部分，成为别人认识和品评他的注脚和补充。这些他都知道，可下一个酒局到来之时他仍无法拒绝，因为曾经坚定认为存于酒局之中的那些东西还在，他赴酒局的理由也在，最根本的原因是他迷恋上了喝酒本身，就像一个男人爱上了一个不该爱的女人，有时明知道赴汤蹈火却仍旧是万死不辞。再之后，他顶峰时期的一斤酒量日渐式微，醉酒的时候越来越多，醉了就胡言乱语，也生出许多节外之枝。他在酒店里和陌生人因生口角而差点打起来，倒在一片不能交代位置的绿化带里让小纸找了半个晚上；为一句酒话绝交了相识多年的朋友，半夜里起来把厨房当成了卫生间，把熊熊的书包当作垃圾桶吐得一塌糊涂……太多了，像一个个挥之不去的噩梦。这些年里，他也见识过太多醉酒者之死——有斗殴被打死的，有被呕吐物呛死的，有夜不知归冻死的，有酒后驾车撞死的，有酒后嫖娼猝死的，也有失足坠楼摔死或坠河淹死的。他每有所闻都心生余悸，

73

怕有一天也会亲尝其中的一种或者以命新创。在旁观者眼里,醉酒者不论以何种方式横死,都咎由自取,从来不会获得怜悯和同情。在一场场酒局的逼迫里,他预知了自己正在走向醉酒后的横死,不是这一场就是下一场。

黄不识每晚都艰难赴局,下一个早晨,他庆幸仍安然无恙地活着,如临一场大难,惶恐不安而又不知如何拒绝。他活在想当然的必然里,患得患失的惯性让他停不下来,直到一场冻死的噩梦让他狠心踩住了刹车。

黄不识不允许自己再以生命为赌注横冲直撞地活下去。

"戒了,以后滴酒不沾。"黄不识的坚定之态就像爱错人后的幡然醒悟和一刀两断。他把头深深地埋进小纸的怀抱里,如婴儿寻找母亲的庇护。

"这样最好。"小纸抚摸着他的头,就像抚摸另一个儿子。

"老婆,我爱你。"他扭过头来,深情地望着小纸。

"我也爱你。"小纸轻轻地拍拍他,"走吧,回屋里睡去。"

他点点头,顺从地跟着小纸进屋,就像九年前老家的婚礼上,主持人说完"新郎新娘入洞房"后,他也是这样拉着小纸,进了洞房,进了共同的生活,彼此成了最亲密的人。他和小纸一见倾心,日子过得久了,才更觉出她的好来。此刻,小纸是他所有的幸福,如火,让他温暖和甘愿融化。

黄不识醉酒之时仍记得第二天早上带熊熊去医院看牙,当然,他没告诉小纸,还要顺带去取他的化验单。他肝上的问题医生只是怀疑,怕小纸担心,他对她只字未提。黄不识计划好了——六点半起床,洗漱完七点,到楼下的杭州包子铺吃完早点再开车去医院,正好赶上八点上班。他核实过好几次手机上定好的闹钟,的确是六点半,他确信不会误事。

电话响起的时候他以为是定好的闹钟,睁开眼,阳光却明晃晃地照进了房间里,他从位置判断出这是午后的太阳,他没看到小纸,也没看到熊熊。他稍犹豫了一下,还是接通了那个叫醒他的只有数字没有姓名备注的陌生号码,听到对方提小纸名字之时,莫名的恐惧如同荒草一样疯长,这似乎是曾经在他梦里出现过的场景,但梦里不论怎样恐惧和痛苦,毕竟都只是一个梦,等醒来,就都过去了,不是真的失去,不是真的伤痛,万般呈现都会还原最初的美好,日子仍是之前的日子,爱人仍是最亲密的爱人。他掐痛了自己,他泪流满面,知道这不是一个梦,此刻置身如梦魇般令他伤心的现实。他记起来,的确在六点半被闹铃叫醒,但小纸摁掉了闹铃,说服他又睡下了,他好像问过小纸还去不去医院,却忘了小纸是怎么答的。他太累了,顺水推舟地听从了小纸的安排,转过身,又陷入另一场不被铭记的梦境里。

黄不识在有迹可循的揣测里还原了那场悲剧的过程——小纸为了让他多睡一会儿,摁掉了他定好的闹钟,悄悄地叫醒熊熊,为了不制造出响动,他们甚至连饭都没吃就出门了。小纸骑电动车带着熊熊在大雪之后的冰冷湿滑里奔向医院,他们顺利地见到了约好的医生,熊熊的牙也没有什么要紧的,镶了点防止牙髓受损的药物,医生说等换过牙后就都好了。从医院出来后,小纸带熊熊去华联的游乐场玩了会儿帝国同盟的游戏,熊熊想在华联的美食城吃比萨,小纸担心着还在家里的他,于是软硬兼施地带着毫不让步的熊熊回家吃饭。一辆车迎面疾速驶来,即使在雪地里划出一道长长的刹车印,仍未改变结局。他失去了最亲密的爱人和唯一的儿子。

他多么想让这发生的一切都是一场梦啊，他为此常常喝得酩酊大醉，企图在时间的混沌里蒙混过关，把之前和此刻连成同一场迷醉，连成同一个噩梦。他已经不惧怕噩梦，宁愿世界上所有的邪恶和魔鬼一同到来，他乐于同他们周旋，他甘愿身临他们的恐吓之中，他情愿是一个孤军深入敌军阵营的将军，替他爱的人挑战生离死别。他希望得到的是梦醒之后的美好如初，可是酒醒了，梦醒了——他仍然未能见到深深爱着的小纸和熊熊。

　　黄不识独自从医院取回了自己的化验单，医生的心急如焚和威胁恐吓被他甩在身后。他并未万念俱灰，他迫切想见到日思夜想的小纸和熊熊。

　　他隐约看到一个人影由远及近，他以为是小纸来找他了，但那个包裹得严严实实的人却从他面前一闪而过，之后，他的世界又陷入白色的荒凉和寂静。路边的车上也落了厚厚一层雪，和周围连成了一片。他仍旧据守在银行营业厅外这片临时的领地上，他闻到了自己呕吐物的酸腐之味，而之前吐出的已经结成了冰。雪花源源不断地化成水钻进他的脖子里，并且顺流直下，冰冷着他的肩，他的背，他的全身，他却并不理会这些。确定那个远去的背影的确不是小纸后，他试图站起来，却无能为力，他的腿已经冻木了，甚至可能已经跟冰冷的水泥地面连成了一体。就这样吧，他也不情愿在这上面再浪费时间。他又一次闭上了眼睛，他相信自己很快就会睡去，他只希望在梦里见到小纸，或者醒来时，小纸还是之前的那个小纸。

　　雪越下越大，白茫茫一片。

宫 里

一

清晨，太阳从山后一露头，宫里的街市便沐浴在金子般的光辉里。

天地醒了，人却懒，都还睡着呢。

顶着油光锃亮大背头的阿正最先走进这如画般金光灿灿的宫里大街。他昂着头，挺着胸，颐指气使地呼喝着清扫街道的老甲和小乙，一会儿说"手上使点劲"，一会儿又说"脚底下利索点"。老甲和小乙低头自忙，并不理会阿正的耀武扬威。远看去，神气活现的阿正就像一只侥幸啄败了对手的公鸡。阿正自顾说完后，又踢着六亲不认的步子从尚未开门的店铺前一步三停地走过。阿正总要冷不丁地停下来，伸长脖子，鼓足气力，别有用心地喊上一嗓子，有时喊"这是王叔的店，里外都扫干净"，有时也喊"陈姨忙，台阶上下的垃圾一起装走"。阿正不指望老甲和小乙配合他的咋咋呼呼，都只是喊给正睡着的人听哩。随着阿正铿锵而过，沉睡的店铺如多米诺骨牌般依次醒来，起床洒扫声逐渐密集。本该早起的公鸡也赖床到此刻，惺忪地睁眼起身，颤抖着摇落一身疲乏,接二连三地打起鸣来。

每逢了农历"一""六"的赶集日,阿正就跟南山导弹旅定时定点的军号一样,在老甲和小乙制造的尘土飞扬中,尽职地吆喝醒满镇子的生灵。

人醒了,沉寂整晚的镇子也跟着活泛起来。

一条长街把宫里归置得南北分明。街北是一溜儿店铺,有卖杂货的,卖调料的,卖五金的,卖蔬菜的,卖农资的,卖瓷器的,店都不大,商品却应有尽有。夹杂其中的,还有几家饭馆、寿衣店。街南呢,最醒目的就是那条水渠,上游接着浊江水库,下游连着另一条渠。雨季里,上游的水库放水,渠里浊浪澎湃,盛不下,就翻滚到街上,肆意而去。到了旱季,水库蓄水,渠里就断了流。缺水的时候没水,不缺水的时候却成了灾,宫里人心里不美,张嘴就骂,说这渠从不干雪中送炭的事,总是火上浇油,羞先人哩。宫里人比谁都懂,水渠听不见人话,他们是在骂想骂的人。

日月堆积成年复一年,渠还是那条渠,依然雨季澎湃、旱季干涸。宫里平日倒也井井有条,只是一到了赶集日,总要在热闹里生出许多是非来。

阿正从街东走到街西,在最西头王驼子修鞋铺的前面站定,慢悠悠把一泡蓄了整夜的晨尿浇在王驼子陈年累月攒下的旧鞋堆上。余渍抖尽了,他又习惯性地扭头左右看看,没人知道他看什么,怕有人来,或者等着人来。惯常地,阿正的担心和期望都毫无结果,他在百无聊赖的沮丧中默默地提起裤子,系紧腰带。阿正狠吸几口弥漫着尿骚味的冷空气,又如释重负地往东边来。阿正隔着老远就抻长脖子喊老甲："来来来，我给你说——"老甲听见，装作未闻，头微抬，扭向阿正瞅一眼，又低下去，继续在尘土飞扬中扫一地鸡毛蒜皮。阿正不生气，踩着一如既往的步点走过来，几乎要贴住老甲了，老甲欲退，还没来得及退，阿正就冷不丁从裤兜里拔了根烟出来，他一手甩给老甲，一手娴熟地摁燃打火机。老甲暂时罢住手中的扫帚，嘴噙住，吸烟到燃起，却不与阿正搭话，又继续挥舞扫帚。阿正也给自己点一根烟，一只手插进裤兜里，昂扬地，悠闲地，吞云吐雾往东边去。

阿正也常"来来来——"地叫小乙，无他事，也就是点根烟。小乙比老甲小二十岁，却像是和老甲从一个模子里刻出来的，眉高眼低里瞧不上阿正。他跟着阿正干，一日日容忍阿正的蛮横言行，全是看在钱的面子上。

阿正呢，全不在意二人的脸色和态度，一以贯之秉持自己的原则。他每回只点一根烟，给老甲点了就不给小乙点，给小乙点了就不给老甲点。阿正可不是心血来潮，心里清楚着呢，他觉得在这一点上是得了父亲的真传。

那时候，他的父亲刚从部队转业归乡，三十啷当岁，气势澎湃，每日里起得比太阳都早，父亲带兵出身，到宫里，就像到了他的第二个兵营。他看宫里，如看自己充满期望而又窝囊无能的兵。阿正依稀记得，父亲时而愤怒时而哀怨地说"这样可不行"，也说"宫里就得有宫里的规矩"。

现在想来，阿正也不得不承认自己的父亲并非善茬。父亲骂人，也打人，甚至差点把老黄家驱逐出宫里，他在社会主义的宫里，却错当自己在封建帝王的宫里。宫里人都知道他为宫里好，

79

却又都不觉得他受了冤枉。

阿正知道父亲委屈,只有他见过父亲醉酒后哭泣的样子。

阿正觉得今天的一切都顺理成章。

"哎呀,快听快听,从远处传来的车轮子压得马路噌噌作响呢。"阿正仰头迎着新鲜的太阳,满目光辉,像喊,又像唱,他又催老甲和小乙:"再磨蹭,那些急着挣钱的贩子们一来就得像发情的公驴那样大呼小叫了。"

过了知天命之年的刘金定蹲在自家五金店门口嘿嘿地笑。

阿正扭过头来,没好气地问正在刷牙的刘金定:"捡着钱啦?"

刘金定说:"你也别老盼着是给你送钱的贩子,说不定是那个当兵的。"他一口白沫子没吐远,溅了自个儿一裤脚,"他每回都来得早。"

阿正的脸上变了颜色,嘟囔着骂:"越老越精,就你知道得多。"

刘金定挤眉弄眼,笑着又说:"他每回从这里过,我都盯着呢。"

挨着刘金定刷牙的刘金定媳妇说:"阿正呀,你可不能输给一个当兵的。"又说,"你可是咱宫里镇的国家干部,除了邱亮,哪个敢说比你强?"

阿正瞪着眼睛,不客气地问:"照你这样说,他邱亮就比我强?"

刘金定媳妇被呛住了,牙刷塞在嘴里,"啊"一声,又"嗯"一声,不知咋答。刘金定忙从台阶上站起来,呵斥媳妇:"回屋去，该扫地扫地，该做饭做饭。"又转身赔着笑脸给阿正解释："女人都是头发长见识短，分不出个高低来，邱亮不就是有钱么，有钱人多了，咋比得上国家干部？"

阿正仰头看初升的太阳："你们两口子的世界观有问题。"

刘金定皱着眉头："啥，啥问题？"

阿正长长地叹了口气，懒得再和追着屁股问话的刘金定搭腔，他眯着眼睛，朝街东头走去，又一次唱歌一样催起老甲和小乙来："快点吆！"

阿正睁开被阳光耀花的眼，才发现老甲和小乙已扫完大街。成堆的垃圾在街道正中央堆得跟个小山似的，花花绿绿的塑料袋夹杂在里面分外刺眼。老甲和小乙这会儿一个提着灰桶，一个拎着木柄铁勺，顺着马路牙子圈着摊位。他们用白灰撒出来的摊位大小不一，多为三四米见方，有的大一点，也有的小一些，进出也就一两米之内。老甲和小乙大概也没有什么参考标准，都是依心情圈，心情好就圈得中规中矩，心情不好就撒得歪歪扭扭，大小么，也没什么数了。刘金定追上来，嘿嘿笑着说："阿正呀，今天就别在我门前用白灰画圈了，买东西的人进进出出怪不方便的。"

阿正叹口气："少画一个——"他拖长了声音，"就少收一份钱呀。"

刘金定仍嘿嘿笑："这好说，回头喝酒给你补上。"

阿正嘴里说着"知道了"，却转身给小乙耳语："五金店门前可别漏了。"过了一会儿踱步回来，又强调，"记得刘金定门前，能圈多大圈多大。"

阿正慢悠悠穿过街道，一直走到渠沿边，在锈迹斑斑的金属护栏上倚住，点着一根烟，吸一口，又从嘴角里发射烟雾弹一样吐出来，悠然看着老甲和小乙画着圈朝五金店靠近。就在这时，刚开门的胡记中医馆吸转了他的注意力，再匀不出一点心思去管五金店的事了。他盯着戴白帽子穿白大褂的胡医生，把印有主治病种的铁架子招牌在门前一侧立起，又在水泥台阶上横了两条长凳，把一筛子又一筛子药材搬到长凳上晒太阳。阿正蠢蠢欲动想去帮忙，却想起金婶子的话，克制住自己，只歪了脑袋，隔街望着。

也在这时，赶集的摊贩就像夏天多雨时节里渠中的水一样，徐徐涌动着漫出渠道，瞬间就铺满了长街。摊贩们有从东边来的，也有从西边来的，有开小货车的，有开三轮车的，有骑摩托车的，也有骑电动车或者自行车的，浩荡如同两支会师的部队，一刹那，就让平静的宫里街道沸腾起来。

"快点快点。"阿正立即变身为迎敌的指挥员，催促着老甲和小乙。

见着摊贩们涌入，老甲和小乙自启加速功能，他们甩着木柄铁勺胡乱一气划拉过去，该出现摊位的地方也就有了摊位的印记。早来早占，摊贩们一涌进街道，就睁大了眼睛扫描最佳的摊位，一旦选定，就像猎狗扑向猎物一样坚定无畏地冲过去，有时候，还会为争夺黄金摊位起口舌之争。就在这种突如其来的嘈杂沸腾里，街市的繁荣各就各位——卖菜的，卖衣服的，卖锅碗瓢盆的，也有卖老鼠药、糖葫芦、牛皮糖等等杂七杂八的。阿正呢，这会儿昂头挺胸，立于路中央，沐浴着金色太阳的光辉，左指右划地呵斥摊贩把箩筐摆齐，或者协调争执不下的纠纷，威若将军，说一不二。

二

阿正刚把这边的葫芦按下去，那边又浮起了瓢。

裁缝店的金婶子和卖虎头鞋的南陵村的刘家女人对骂起来。金婶子嫌刘家女人把摊摆在了她家店前，刘家女人说摊位是油头阿正圈的，阿正圈了，她就能摆。金婶子撇着嘴教训刘家女人"不懂规矩"，刘家女人跳起来还她："你懂规矩，你懂个卖屄的规矩！"金婶子被刘家女人点射一样的谩骂给呛住了，口舌颤抖蠕动，回击的骂词却出不了嘴，憋出一脸潮红，倒转了头骂阿正："你个小崽子倒能当这宫里的皇帝了。"阿正闻声跑来，不等金婶子问罪，就老远教训小乙不该在裁缝店门口圈摊位。小乙瞪大眼睛怼他："中医馆前不圈我知道，裁缝店你可没交代。"阿正在众人面前被小乙怼得没了面子，气得直摇头："胡球整吧，我正好想换人哩。"阿正说着就弯腰去挪刘家女人的摊，刘家女人死死拽着不放，阿正贴她耳边许诺："给你换个比这大的，不收钱。"刘家女人这才松手，随了阿正去。阿正摆平刘家女人后又折返回来，抓起扫帚把裁缝店前的白灰尽扫到街上去了。

扬起的尘土还没散尽，刘金定又跑过来："阿正呀，你还真得管管小乙呢，你不让他在我们门前圈摊位的，可他硬是和你顶着干，还是圈了。"

"圈了就圈了。"阿正有些不耐烦。

"不能圈了就圈了呀——"刘金定沮丧着脸，"影响生意呢。"

83

"影响就影响。"阿正瞪大眼睛,一副生吞刘金定的架势。

"阿正,咱不是说好——"刘金定吞吞吐吐,给阿正使着眼色。

"说好个啥?眨巴个眼睛又想干啥?我给你说,刘金定,你要是嫌小乙圈得小,我就过去圈个大的。"说着,阿正就作势要往五金店那边去。

"哎呀,哎呀,你这是干啥?"刘金定一把拉住阿正,虽然气得直跺脚,却不敢惹毛了阿正,只能服软,"圈了就圈了,还改来改去干啥?"

看着刘金定落寞远去的背影,阿正狠狠地朝地上啐了一口。

"吃公家饭不干公家事,垃圾堆在路中间也不拉走,看样子,这又是等着解放军义务劳动呢。"卖猪肉的焦老大一边挥刀剁肉一边朝阿正喊。

阿正扭头看时,垃圾堆正被阳光照耀着,五颜六色的塑料袋映着多彩的光,就像美丽胴体上的一块伤疤,也如同眼睛里的一粒沙子,真是让人不舒服。阿正气急败坏地找人:"老甲,老甲。"他拉长了耳朵,却没有听到哪怕微弱的回应之声,又喊,"小乙,小乙——"仍是不见人。阿正踮起脚尖四下里张望,愈加稠密的人群里压根看不到老甲和小乙的影子。

焦老大把猪骨头剁得梆梆响,阿正感觉像在剁他的骨头,头皮发紧。

"也是呢,这时候该来了。"焦老大一边自言自语,一边削骨如泥。

阿正往街中央走了走,欲再喊,却见挑着猪仔来赶集的下杨村的杨结实从围观的人群里闪出来，结舌赔笑："你，你看我比老甲和小乙咋样？"

阿正从上到下扫了一遍杨结识，明知故问："什么个意思？"

杨结实嘿嘿笑着凑上来："我，我，我帮你清理垃圾。"

阿正斜着眼睛问："要多少钱？"

"你，你，你不管我要钱就行。"杨结实仍嘿嘿笑。

"你倒是会算账。"阿正双手叉腰对杨结实说，"抓紧弄，我划块黄金地段给你卖猪崽子。"伸手就近指了一块地，问杨结实，"那片地咋样？"

"行，行，行。"杨结实撂下装猪崽的竹筐，就近抄把铁锹清起垃圾。

阿正不死心，又踮起脚四处张望，仍旧不见老甲和小乙，就顺手从杜家庄杜老六的三轮车上掏了两棵最白最嫩的大白菜，朝裁缝店去。"大水冲了龙王庙，我回去再收拾小乙。"阿正进了门，笑嘻嘻把大白菜交到金婶子手上，又气咻咻地说，"我给小乙交代过没有十回也有八回了，可他就是不长记性。"金婶子接过白菜掂了掂，撇着嘴说："这时候的白菜十个有九个都是空心的。"又说，"大水只要不冲中医馆就好。"话毕，刚才被刘家女人拱起的火又冒了上来，冲着门外喊："羞先人哩，儿子出去几年了不知死活，倒来我这里耍威风来了。"阿正劝金婶子："宰相肚里能撑船，不要在小事上计较。"金婶子呼呼生气，不应他。

他却嘿嘿笑："我这段吃不好睡不香，急等您老的好消息呢。"金婶子瞪他一眼，抱起白菜，叹口气直截了当地说："只要不是阿珠，换了谁我都能给你说成。"阿正倒是急了："阿珠咋就说不成了?"金婶子说:"你没见邱亮老往中医馆跑?"阿正不快:"他跑他的,难不成他爱吃猪肉就要逼着别人吃素?"金婶子骂他:"你个阿正,咋拿猪肉和人比上了。"阿正拉下脸来:"我不管,反正你应过我的。"金婶子直摇头:"我要能年轻个三十岁,倒情愿跟你过。"

阿正噘嘴把头摇成了拨浪鼓:"别,别,我又不是焦老大。"

"你个小兔崽子,说什么呢?"金婶子举白菜,作势要砸阿正。

阿正忙用手打自己嘴讨饶。他一急,啥话都往外冒。

金婶子的瘫痪男人在后头房子里又骂起人来,金婶子听了,紧张得像变了个人。她撂下阿正,一边慌忙地应着"来了,来了",一边耸动松垮肥硕的屁股,一扭一扭往后头去,临走,回头允诺说:"你再等我的口话。"

"加油!"阿正冲着金婶子攥拳振臂。

"妈的!"金婶子的男人在里面气壮山河地回了一句。

阿正从空荡荡的裁缝店里出来,立马沉陷在讨价还价的喧嚣里。他抬头望,见太阳向中天去,各种调调的叫卖声像逐风的海浪,一层层涨起来。

阿正看见刘柱开着卡车过来,忙摇了手挡住,车刚停,他就爬了上去。刘柱从驾驶室里探出身子问他:"阿正,你要去哪里?"阿正直直地立在车厢里,扯长了白皙的脖颈,朝东边望望,又朝西看,并对刘柱说:"哪里都不去,我就看看这人到齐了没有?"刘柱催他:"那你赶紧下来,邱亮让我给城关镇送石板呢。"阿正不高兴:"你牛得很嘛,就是邱亮来,他也不会这么跟我说话的。"刘柱说："吹吧，邱亮会一脚把你踹下去。"阿正跳下车，冲着刘柱喊："你就是个溜沟子虫，看他邱亮敢动我一根毫毛？"

阿正没听清刘柱回骂什么，却实实地为那含糊不清的话动了气。

三

阿正朝街道最东边去，步点一急，左腿膝盖处就又生出阵阵撕裂般的疼，他的额上沁出汗来，慢些走，疼痛才减轻些。阿正睁大眼睛望着每一个和他擦肩而过的人，碰到打招呼他却多懒得理，他相信能发现蛛丝马迹。

卖狗肉的黄大彪又一次把镶着玻璃罩子的推车横在了路中央，东往的和西去的都走不顺畅，涌动着挤到了一处，聚成一个死疙瘩，就像发炎的尿道，憋得难受。阿正也挤在人群里，他看到凶神恶煞的黄大彪正把碎肉一小撮一小撮地捏到秤盘上过分量，斤斤计较地捻着垂在准星上的秤砣。很多人都说黄大彪虽然在玻璃罩子上立了个狗头，其实卖的都是死老鼠、死猪和死羊的肉，阿正只是一听，从来没有参与过讨论。黄大彪也瞥见了阿正，他挑衅地问："干啥？来收我的税吗？"又说，"你敢收，我就给。"

阿正装没听见，直视前路，加急了步点，膝盖处疼得更厉害了。

"别走呀，该收税就收税！"黄大彪的叫嚣像一只疯狗紧紧追在身后。

阿正走出二三十米远，疼痛愈加剧烈，他不得不放缓步子。

他没有回头看,只是估摸着黄大彪的注意力又回到了被讹传为死尸肉的狗肉上,才均匀地喘出几口气来。就在这时,他听见有人叫:"阿正,阿正。"阿正回过头去,却见是北陵村的姚大年朝他招手。姚大年跟阿正姨家是一个村,以前不认识,自打去年底在街上遇着,姚大年拉着阿正的手感慨万千地说都长这么大了,一番爱怜之后,又说起以前阿正去姨家时常跟着他晚上捉蝎子,还到他家吃香蕉。阿正知道这些事情不在他的记忆里,却认下了姚大年。

"听说姚俊在网上的生意好得很?"阿正问姚大年。

"我不管他的事。"姚大年说,"他干他的,我干我的。"

"现在不比以前,姚俊能耐大,你就得跟着人家干。"

"我是爹,他是儿子。"

"钱才是爹,其他的都是儿子。"

围观众人哄笑。

姚大年无心逗笑,也没心思说他儿子姚俊和钱的事,而是伸手把阿正搂到身边说:"都知道这个摊子是我的,今儿却被他俩占了。"姚大年站在他的两筐冻柿饼一侧,另一侧圈出的摊位已经被王庄王老四的白菜笼和箭头村刘铁瓦的胡萝卜筐子给占了。仗着和阿正相熟,姚大年刚才败落的情绪得到鼓舞,呵斥王老四和刘铁瓦:"你们问阿正,这个摊位是不是我的?"

"先来先占。"王老四据理力争。

"阿正是主持公道的,也不能你说咋样就咋样。"刘铁瓦也说。

姚大年看阿正,希望阿正用说一不二的权力震慑王老四和刘铁瓦。

阿正酝出训人的气势来,却终究没有训人。他说:"屁大个事么,咋还闹起来了。"然后弯了腰,把东边王老四的白菜筐往东提了提,又把西边刘铁瓦的胡萝卜筐子往西拉了拉,中间就多腾出一片地来。他把两筐冻柿饼塞了进去,"这不行了?生财么,要和气。"他顺手摸了一块冻柿饼。

三个人在他后面嘟嘟囔囔,他充耳不闻,咬着冻柿饼,继续朝东边去。

远远地,阿正就望见桥西的牛娃子挂羊肉的架子。牛娃子每次赶集都牵一只活羊来,全宫里的人都能听到山羊在临死之前痛苦无助的咩咩惨叫,听得听不得的人都盼着牛娃子快点动刀子。牛娃子每次都能准确无误地把尖刀捅到山羊脖子的动脉上,那血就像自来水一样哗哗流淌。牛娃子用盆接尽了血,再把死羊挂到架子上,就像脱去人的衣服一样麻利地剥掉羊皮,赤裸裸的山羊在寒冬的早晨冒着热气,不一会儿就冻得梆梆硬了。

围观的人看完活羊变羊肉的整个过程后,有的散去,有的指指点点瓜分了羊肉的某个部位回去炖汤炒肉,也有的切一块凝固的羊血,拌了辣椒做凉菜或者弄成粉汤羊血。在这样寒冷的日子里,一只羊用不了个把小时准会被分光,牛娃子也就可以收摊回去打牌了。可今天,牛娃子的羊肉却卖得慢了一些,阿正远远瞥见,一只粉红色的羊后臀在架子上荡悠悠地晃着。

走近了才知,不是羊肉没人买,而是牛娃子留着不卖。

"切一半总行吧?"这会儿坚持要强买的是凯旋饭店的老板张凯旋。他的大屁股摩托突突突地喷着烟,大概没打算久待,提了羊肉就要走人的。

"一半也不行。"牛娃子左顾右盼地抽着烟,像在等谁。

"他不一定来的。"张凯旋有点急了。

"他不是你。"牛娃子斜一眼张凯旋,"他从来说啥就是啥。"

"你敬着当兵的是你的事,我管不着,可我给你说呀,我店里今天人多,你不能耽搁我的生意。"张凯旋就差自己动手割了,可刀在牛娃子手里,他就只能继续软磨,"你心中有数,我往日里可是最照顾你生意的。"

牛娃子不接张凯旋的话茬,只吸烟,不再说话。

张凯旋扭头看见了瞧热闹的阿正,忙拉阿正给他帮腔:"阿正呀,你可是市场的管理人员,牛娃子明明有肉却不卖给我,非要等那个当兵的。"

"就不卖给你!"牛娃子也有了三分气。

"你跟当兵的亲还是跟宫里人亲?"

"我就跟导弹旅的人亲!"牛娃子吐掉烟蒂,瞪着张凯旋问,"咋了?"

"我看你是昨晚喝烧酒把脑子喝坏了。"

"今年夏里,浊江排洪发大水,我到白庙去买羊,我家的房子淹到一半,是你把我大我妈背出来的?是你把我家的粮食和被褥抢出来的?要不是导弹旅的解放军冒死相救,我连家都没了,这会儿你倒来跟我论亲近!"

"大水又不是我放的。"

"屁话!"

"行了行了。"阿正打断他俩,问牛娃子,"部队上今天吃羊肉泡馍?"

牛娃子气未消,努嘴说:"吃啥我不知道,反正罗大哥上次赶集的时候就给我叮嘱了,让留个后臀,说今一早就过来取,我这不是等着呢吗?"

张凯旋见缝插针地追着问:"人呢?这不是没来吗?"

牛娃子回怼说:"没来我等,啥时候来,我就等到啥时候。"

张凯旋对牛娃子失去了所有耐心,却也没有丝毫办法。他想要的肉就挂在眼前的架子上,他的厨师和他的食客都在店里等着呢,可那还不是他的肉。他叹着一连串的气,频频地摇着头,他第一次攥着钱却买不来羊肉。

张凯旋抱着最后的希望,等着阿正把一根筋的牛娃子说转过来,可万没想到,阿正却对张凯旋说:"牛娃子在理,他有言在先,不能失信于人。"

张凯旋瞪一眼阿正,将摩托车的头扳正,油门踩到底,突突着走了。

"哎呀,我看你是把大买家张老板给弄毛了!"

"管他呢,爱咋咋地!"

阿正伸手去捏羊屁股,硬邦邦滑了手,蹭了满指头的冰碴子,他顺势一推,刚落下来的羊后臀就又荡悠悠打起秋千来。阿正扯开裹着砍刀的抹布擦指头,仰起头来问牛娃子:"你那个罗大哥有准点没,他啥时候过来?"

牛娃子听闻过他俩的事,警惕地盯着阿正:"你问这干啥?"

阿正撂了抹布:"想跟你的罗大哥到部队大院去混口羊肉泡馍吃。"

91

牛娃子被逗乐了，袖着双手嘿嘿笑。

阿正又问："咋了，这还是军事机密？"

牛娃子说："有时早有时晚，说不定你前脚走他后脚就到。"

"你给他说我找他哩。"

"弄啥？"

"要给你汇报？"

牛娃子把嘴咧得就像秋季里炸开的石榴，摇着头说："不是这意思。"

和牛娃子说着话，阿正瞥见老甲蹲在张寡妇手机店门口正和一群老头下象棋，看的人比下的人多，也比下的人急，唇枪舌剑像打仗。阿正气愤老甲擅离职守，想过去训斥几句，他冲着棋局已走出了几步，却又停了下来。他思谋着这会儿正是老甲争夺楚河汉界的紧要关头，要是打断他，怕一来气顶得自己没面子。阿正留了面子给老甲，却也做起辞退他的打算来。

四

阿正继续朝东走，一抬头，已经到了海丽理发店门口。

海丽理发店在宫里街道最东头，阿正收税的全套家当都放在她店里，包括制服、大盖帽、票本、圆珠笔以及一只两边带拉链的黑色帆布包。阿正老说等办公室一腾出来，就把这些吃饭家当挪过去，但海丽爱屋及乌，还是专门为阿正的家当买了一个精致的白色烤漆柜。海丽爱阿正，就像她反复地在阿正跟前提到的那样。至于阿正爱不爱海丽，只有阿正自己知道。

阿正敲玻璃门，海丽在里面喊着说门没关，阿正抓着把手一扭，果真就开了。他一进门就说："你今天起得倒是早。"海丽在里面的套间笑："早啥早，我还在被窝里呢，门是刚才提前给你开的。"阿正拐进去掀起棉门帘，果真见海丽还窝在被子里。不等他催海丽起床，海丽倒说起他："你这真是早起的鸟儿有虫吃。"他说："我这是早起的虫子被鸟吃。"海丽嘿嘿笑："那还不如跟我一样睡到自然醒，不当鸟也不当虫。"他说："我倒是想呢，但这公家饭可不是那么好吃的。"海丽来了劲："被窝热乎着呢，要不要再暖个回笼觉？"说着，海丽自个儿把被子掀开半边。海丽半裸着，白花花的肉就像被唤醒了的种子，欢快地跃跃欲试。一刹那，刚才还蔫巴的阿正如同被上好白酒的香气给喷着了，他的身体急速发酵，就像干瘪的气球被高压填满，瞬间膨胀抖擞起来。阿正觉出自己的脑袋里被装上了无数台大功率的发动机，突突突地鼓动着他的精神和肉体，还有无数充满诱惑的叫唤以及这近在眼前的生动的饱满的尤物拖曳着他。阿正并不打算无动于衷，他已经顾不得腿伤带来的持久而钻心的痛了，大跨步跪赴上床，揪住海丽的头狠狠地在那温热的脸上啃了一阵子。海丽却像精明的鳗鱼一样，一个翻身滚到墙根，并扯起被子把自己紧紧地裹了起来。

"憋不住了，救急如救命呀！"阿正跪行到墙角，去撕被子。

"干可以，"海丽揪紧被子，理智且严肃地正告阿正，"但干完得领证。"

阿正不说领不领证，甚至顾不得正视海丽，急着扯掉被子。

海丽咬着牙拨开阿正的手："快说呀，行还是不行？"

"哎呀！"阿正急如就厕，"火烧眉毛了，说这弄啥？"

"说这就得火烧眉毛的时候。"海丽急。

"完事再说不行?"阿正更急。

"不行,就现在。"海丽把被子豁开,胸乳乍现,又迅疾裹上。像老到的钓手往水里甩饵,起起落落,起落不定。"行不行?"海丽再次追问。

阿正不再作声,他闭上眼睛把头仰得高高的,满脸通红,像在思考永无答案的生死之问,最多也就十来秒,他的头垂下来,有气无力地说"算了吧"。阿正在床头撕了一把卫生纸,低下头仔细地清理喷涌遗落的秽物。

"完事了?"海丽惊讶地凑过来看。

"嗯!"阿正如释重负,长长地吁了口气。

海丽皱着眉,揭开被子,问:"要不要再来一次?"

阿正只顾着清理自己,落寞摇头:"不行了。"

海丽过来,从后面抱住阿正:"你得补补身子。"

阿正扭头,只看见海丽的侧脸:"你以前在广东到底干啥工作?"

"给你说过八百遍了。"海丽没好气,"销售!"

"咋了?"海丽反过来问阿正。

"忘了,再问问。"阿正拉开白色烤漆柜,取出海丽洗过熨过的制服。他嗅到了洗衣液的淡淡清香,没再说话,一件件换上了那代表身份的行头。

阿正穿戴完毕,转身看着再次躺回被窝里的海丽,想问一句话,这话他憋了有段日子了,搁心里难受,可话到嘴边却总问不出口。这次,那话又往外涌。海丽看他,他的欲言又止映在海丽的眼珠子里，海丽半侧了身子问："咋了，有事？"他吞吐着仍未说出，咂咂嘴，说："我得走了。"

"我给你做点饭？"海丽用关爱追着阿正转身离去的背影。

"来不及了。"阿正头也不回，重重地把玻璃门甩在了身后。

太阳往高处爬去，投在长街上的人和物的影子就愈发的短了。

阿正在集上征税，每回都是从最东头的海丽理发店门前沿着街北一路晃荡到最西头的王驼子修鞋铺，转个弯，再沿街南从西头返回到东头来。这条线从阿正前年春天刚上班时就如此，之后的每一个集上约定俗成，没人说不行，也没人说行。阿正从来没有想过也没在乎过这个问题，这就不是个问题，岁月拖沓逝去，一转眼他就从小平头的阿正成了油头阿正。

阿正刚拐上街道，就听到有人喊："阿正呀，年轻就是好呦。"

阿正扭头，是川道里卖大蒜和生姜的冯麻子，他问："啥意思？"

冯麻子嘿嘿笑："一大早干力气活亏身子呢。"

左右的摊贩加上买姜买蒜的人也都望着阿正笑。

阿正知冯麻子是笑说他在海丽理发店的事，却不知就是信口笑着一说还是知道了什么，他心里虽发着虚，嘴上却硬得很："屁话多，交税！"

冯麻子递上十元来，阿正一把拽了，却说："不够，二十。"

冯麻子瞪大眼睛，争辩道："上回还十块，这回咋就二十？"

阿正说："上回是初一，今日是初六，能一样吗？"

冯麻子红了脸,又白了脸:"市场不是你家的,你说收多少就收多少?"

阿正正了正制服,正色骂:"少屁话,你这摊子摆还是不摆?"

冯麻子梗着不规则的脑袋,白脸又变回了红脸:"你要怎样?"

阿正动了真格的:"摆就交钱,不摆就收拾东西滚回你的川道里去。"

冯麻子瑟缩地收回瞪着阿正的目光,脑袋也摆直了,脸虽还红着,却在赤红的脸上堆积出不情愿的笑:"当然摆。"又讨饶,"少点,十五呗?"

"行吧。"阿正用鼻孔对着冯麻子,并教训他,"智者寡言。"

冯麻子只逮了个音,不明其意,追着问:"啥?"

"再补五块!"阿正没好气地催促。冯麻子不敢磨蹭,紧忙从腰包里捋齐了五张一块递给阿正。阿正接过钱,开好了发票,却并未撕给冯麻子。

冯麻子盯着阿正离去的背影小声嘟囔着骂了几句。

人声嘈杂,阿正一句也没听到。

卖苹果的江顺早早就把一个花牛苹果在自己的棉衣襟子上蹭得红光发亮,等阿正走近了,恭恭敬敬地递过去:"阿正尝尝,甘肃天水的新果。"

阿正接过,一口咬下去,红苹果上就有了一个脆生生的白茬子。

"给你装几个?"江顺撕了个塑料袋,挑最红最大的往里装。

阿正摆摆手："行了，你挣俩钱也不容易。"

"吃着玩呗。"

"算了算了。"

阿正嚼着苹果绕过江顺，来到卖瓷器的柳鑫源摊位前，蹲下身，把帆布包夹在怀里笑呵呵问："老柳厉害呀，听说你前天后晌砸了邱亮的车？"

"哎呀，别提了。"柳鑫源递过来十元钱。

阿正接过一撮，是两张五块，退回去一张："你这是为民除害呀，他邱亮有钱咋了，有钱就是好人了？想收拾他的人多了，你这是顺应民意。"

"别人收不收拾邱亮是别人的事，我可没那心劲。"

"你是个实干家！"阿正给柳鑫源竖了个大拇哥。

"我肠子都悔青了。"

"没砸尽兴？"

柳鑫源直摇头。

"那是咋？"

"我是拦着柳强不让他去赌博，可他在车上就是不下来，我一急就失了手。"柳鑫源唉声叹气，"这一锄头下去就是上万块，换成碗能装满一车。"

"邱亮让你赔钱了？"

"我哪有钱。"

"他能就这么算了？"阿正往前挪了挪，瞪大了眼睛问。

"咋可能？"柳鑫源说，"他又不是活雷锋。"

"你把我说糊涂了。"阿正吸溜了口冷空气说，"你把那货的车砸了,你没钱赔那货,那货又没说不让你赔,那你们这事到底是怎么个了法?"

"他让柳强给他干事。"

"柳强去石材厂上班?"

"俩月不发工资,权当赔车。"

"凯旋饭店呢——"阿正问,"柳强不去了?"

"辞了。"柳鑫源说,"张凯旋也给他开不了几个工资。"

"你这一锄头砸的。"阿正使劲搓着冻麻的手,长长地吁了口气,啧啧摇头,"把自个儿儿子推到火坑里了。"又说,"可惜了柳强的一手好厨艺。"

"儿大不由爹,爱咋咋地。"

"把税交齐。"阿正站起来,把刚刚搓暖和了的手伸过去。

柳鑫源吸溜一声:"咦,不是刚交了?"

"不够。"阿正说,"一共十五,我退给你五块,你得再给我十块。"

柳鑫源在腰包里没翻出整十块的,就凑了几张零票子给阿正。

"要发票不?"阿正问。

"要!"柳鑫源斩钉截铁。

阿正撕了发票给柳鑫源,柳鑫源却扔到地上,用脚狠狠地旋着踩烂。

半条宫里街道都能听见战斗那有节奏的吆喝声:"卖喽,好鱼好虾好螃蟹,卖喽,海里的鱼海里的虾海里的螃蟹,卖喽,正宗的南方的鱼南方的虾南方的螃蟹,卖喽,没见过的鱼没见过的虾没见过的螃蟹，卖喽……"

阿正老远冲着战斗喊："你这吆喝快赶上发情的叫驴了。"

战斗咧着嘴："好东西就得让人知道哩。"

阿正走过去，围着战斗改造过的三轮车，用捞鱼的网子在池子里搅动，盯着一群水漉漉的活物说："来，让我看看，你都有啥好东西。"

战斗把盖着的帆布揭了揭："都是好东西。"问，"给你来点啥？"

阿正说："我要黄花鱼。"又说，"给我拣最大的来。"

"阿正你要，必须是最大的。"战斗抄起网子去捞。

阿正伸手挡住战斗："我不要这池子里的。"

"咋又不要了？"战斗住了手，挺着胸脯强调，"都是好东西呢。"

"我要那里的。"阿正指向车前面的两个透明塑料箱，里面蓄着水，几条黄花鱼甩着尾巴游来游去，这会儿憋着圆圆的眼睛，正往这边看呢。

"那个呀。"战斗犯了难，"都是别人定的。"

"我知道是邱亮定的。"阿正说一不二，"今天我就要那个。"

宫里人都不怎么吃鱼，不怎么吃鱼不是因为不爱吃鱼，而是不会吃鱼。不会吃鱼不是因为不会嚼不会咽，而是对付不了那些大大小小、长长短短、规则不规则、镶在各个部位的鱼刺，对付不了鱼的刺，也就不怎么吃鱼了。宫里人虽不怎么吃鱼，却都知邱亮爱吃鱼。大概从几年前邱亮发了家开始，只要赶集，邱亮总要在战斗那里挑几条最大的黄花鱼带到凯旋饭店，有时蒸，有时煮,有时煎,有时炸,活蹦乱跳的鱼往桌子上一扔,他说咋做就咋做。邱亮一个人是吃不完几条鱼的,他常常叫上自己的好朋友一起享用,和他一起吃鱼的好朋友经常变来变去,有时多了两三个,有时又少了两三个,也有时这回的一拨和上回的一拨完全换了人。邱亮和他的好朋友们在凯旋饭店不光吃鱼,他们还吃猪头肉,吃红油耳丝,吃黄焖鸡,吃四喜丸子,吃八宝甜饭,吃拔丝红苕,吃油焖大虾;也喝酒,夏天是啤酒,冬天是白酒,春秋季节就乱喝,喝得一个个面红耳赤胡言乱语。他们来的时候穿过宫里街道,走的时候也穿过宫里街道,来的时候是一道风景线,走的时候是另一道风景线。邱亮往往最后一个走,他走得晚各有其因,有时是点评张凯旋的服务质量,有时是上了趟厕所,也有时是和张凯旋那个肥润风流的表妹谈笑风生。谁知道呢,反正邱亮每回都是醉醺醺地出来。醉醺醺的邱亮虽然一走三颠,却坚持自己开车。醉醺醺的邱亮开着车驶进拥挤的宫里街道,亢奋地长按喇叭,他的车子就像受惊的公驴一样,尖叫着从宫里街道捅出一条去路。前几年,邱亮开的是一辆二手的桑塔纳2000,后来换成长城牌越野车,现在则是丰田霸道。这些人来时,宫里人夹杂着羡慕嫉妒恨的表情口口相传说,邱亮和他的朋友们来吃饭了。这些人走时,宫里人又争先恐后地打听,邱亮和他的朋友们吃了几条鱼、喝了几瓶酒。

阿正刚回到镇上干税务的时候,就听说了邱亮和他的好朋友们在凯旋饭店吃鱼的事,现在两年多过去了,仍停留于听说,或者顶多是远远地看过。之前,以及更早的之前,他觉得自己会成为和邱亮一起吃鱼的好朋友里的一个,一直没等到邱亮的邀请,所以一直等着。可那件事之后，他彻底断了和邱亮一起吃鱼的念想，他富不过邱亮，却也咽不下那口气。

阿正见战斗愣着不动，就绕过战斗自己去塑料箱里捞。

"车厢里的不行吗？"战斗几乎是央求了，"我不要钱成不？"

"不成，我就要塑料箱里的。"阿正说，"该多少钱就多少钱。"

"两大箱子呢。"战斗难在心里，却并未伸手去拦，"你都要啊？"

"他邱亮定多少我就要多少。"

"上面那箱是邱亮的。"战斗说。

"下面呢？"阿正追着问。

"罗司务长的。"战斗皱着眉。

"谁？"

"罗班长。"战斗往远处的山脚指了指，"就是导弹旅的司务长。"

阿正把上面一箱捞净了，大概有四五条。刚刚离了水的鱼惊恐不安，扭着身子把尾巴在塑料袋里甩得噼啪作响，阿正提起心有怨气的黄花鱼指给战斗说："你看清了，我拿走的是邱亮的鱼，解放军的鱼你该给人家还给人家。"把鱼袋子落下去，又说，"邱亮若来要鱼，你就说我阿正拿走的。"

战斗"哎"了一声，又长叹一声。阿正问："多少钱？"战斗摆着手："你喜欢吃就提走吧，还啥钱不钱的。""公平买卖，谁都不能特殊化。"阿正甩过去两张钱，用力过猛，掉到了鱼池的水面上，漂开来，是两张十块的。

"让邱亮来找我。"阿正回头又给战斗强调了一遍。

战斗点了点头,阿正也点点头。阿正离去,战斗又吆喝起来:"卖喽,好鱼好虾好螃蟹,卖喽,海里的鱼海里的虾海里的螃蟹,卖喽,正宗的南方的鱼南方的虾南方的螃蟹,卖喽,没见过的鱼没见过的虾没见过……"

五

黄花鱼在塑料袋里挣扎,严重损害了穿制服的阿正的形象。阿正把塑料袋在腕子上绕了两圈,给黄花鱼留的空间就只剩下黄花鱼那么大小,不一会儿鱼就不动了,不知道晕过去了还是死过去了,也不知道闷死过去了还是冻死过去了。阿正心里不想这些,他提着袋子只管往前走。

阿正每回宁愿少收几个摊点的税,也要绕过陈记杂货店,可这回和每回一样,还没等他到杂货店门口,就被眼尖的陈成老婆蒋喜梅给叫住了:"陈正哥,吃早饭没?"蒋喜梅每回都这么甜滋滋地喊他,也这么问他。

"嗯,吃过了。"不管吃没吃过,阿正都这么答。

"那就喝口水。"蒋喜梅知道阿正不来,说话之际人也扑了过去,她一作势,阿正就自己朝店里来。他不来,蒋喜梅肯定要抓了他的胳膊拽来。

"对嘛,喝口水。"隔壁童装店的山海媳妇靠在门框上嗑瓜子,嘻嘻地挑着眉对阿正笑,"喜梅三更天就把水烧开了,就等着她陈正哥来喝呢。"

阿正窘了个大红脸,到了杂货店门口,将进,又想退出去。

蒋喜梅在后面推他,又转脸对山海媳妇说:"你别在我陈正哥跟前胡说八道,小心我把邱亮送你戒指的事告诉山海。"山海媳妇瓜子带皮一口吐出,冲过来压低声音对蒋喜梅说:"你可别无事生非,山海会杀了我的。"

蒋喜梅说:"咋了,害怕了?我可都看见了。"

山海媳妇画过的眉毛紧紧地锁在了一处,问:"你看见啥了?"

"你们做啥,我就看见啥。"

山海媳妇青了脸,白牙咬着红唇,欲再问,却张不了嘴。

蒋喜梅不再理山海媳妇,推阿正进了杂货店。一进到当作收银台的隔断中,阿正就看见桌子上的果盘是装好的,点心是拆开的,茶叶也在茶壶里备好了,开着盖。阿正一坐定,蒋喜梅就提暖瓶给茶壶冲进开水,盖上盖,顺手又取过一个橘子,飞快剥掉皮,塞进了阿正手里:"吃,甜着呢。"

"陈成呢?"阿正问。

"在后面院子里理货呢。"蒋喜梅揭开茶壶盖子看了看,拧成疙瘩的茶叶张开了,她提起壶给阿正倒了一杯。蒋喜梅把茶杯推到阿正面前,见阿正把橘子还攥在手里,就催他:"陈正哥,吃橘子呀。"阿正剥了一瓣塞进嘴。她问:"甜不?"他答:"嗯,甜。"她顿喜,容颜绽放如暖春之花。

"最近生意咋样?"阿正觉出橘子的甜,却冰凉入心,他缓缓咀嚼。

"还那样。"蒋喜梅倒问起阿正,"最近忙啥呢,不见你到贼老六的麻将馆去,也没去胖子那儿打台球,是不是和阿珠的事成

103

了，忙着约会呢？"

"你也知道了？"阿正红了脸，"八字没一撇呢。"

"金婶子知道的事，这宫里还有谁不知道？她倒是个热心肠，三天两头朝中医馆跑。"蒋喜梅把茶杯又朝阿正推了推，"咋了，阿珠还没点头？"

"哪有那么快。"

"她有啥呀，不就是个大学生嘛，现在的大学生多了去了。"

"跟那没关系。"阿正急得去拦蒋喜梅，"你小声点。"

"怕啥，咱在自己店里，又不是在大街上。"蒋喜梅幽怨起来，她又挑了一个雪梨操刀去削，"世上的事情哪能说得清呢，我看上了你，你看不上我，却看上了她，而她又吊着你，疙疙瘩瘩的，到头来都成了痴男怨女。"梨皮一串一串地掉在地上，就像蒋喜梅悄无声息坠落的往昔之爱。

"我去和陈成打个招呼。"阿正站起身来。

"我一说这个你就提陈成，我就不能单独跟你说几句话吗？"蒋喜梅用脚把掉落的梨皮一条一条踢到墙角去，"我追着你到宫里来的，你看不上我倒好，却介绍给别人，介绍谁都好，却是个瘸子。我掏了心掏了肺地对你好，你呢，当我是什么人，礼物吗，可以用来犒劳和怜悯随便谁？"

"你当时是答应的。"

"你说啥我不答应？"

"你们也合适。"

"在你眼里，我和那些猪呀，狗呀，羊呀，马呀，都是合适的？"

"怎么又这样说？"

"不是吗？只要我不缠着你就好。"

"不是这样。"

"又是哪样？"

"陈成是个好人。"

"他哪里好？"蒋喜梅挽起裤管来，青紫色的伤一片连着一片，"这是好人干的事吗？"又说，"无所谓，打就打吧，打不死就好，我又不是为他来宫里的，他恨他该恨的，我爱我该爱的。你在，我就在宫里等下去。"

"他是老实人，人实在，心也实在，你不要老惹他。"

"我要是连爱恨都屈服于人，还活个什么意思？"

"以前的都过去了，我们要过好以后。"

"你有以后，我就靠以前活着。"

"我没想到会这样。"

"我想到了。"

阿正立在那里，为难得不行，站不是，坐不是，去找陈成也不是。他把蒋喜梅递过来的雪白的梨子挡回去，狠着心说："不早了，我得工作了。"

"我知道你故意避着我。"

"我——"阿正突然转了话题，"喜军在学校可好？"

"亏你还惦记着喜军。"

"喜军以后会有大出息的。"

"倒是要谢你呢，没有你出钱帮衬，他就到不了今天。"蒋喜梅低眉走近，温顺地抓住阿正的胳膊，"我说话算数的，谁帮他我就跟谁一辈子。"

"我——走了。"阿正说,"跟陈成好好过日子,不要老干架。"

"你追你的阿珠吧,何必管我们。"

阿正听到了蒋喜梅的哽咽之声,稍迟疑,仍旧铁了心肠出门去。

阿正没想到蒋喜梅是这样的蒋喜梅,更没想到自己的一个谎言造成了如今这不可收拾的局面,他以为轻而易举得到了想得到的,他以为各取所需皆大欢喜。而如今呢,陈成对他避而不见,蒙在鼓里的蒋喜梅每次热心于他,对他来讲,都如冰锤击心,冷且疼。他是不敢坦然揭开这个谜底的,但总有人会,是谁?什么时候?他无从知道,但他得战战兢兢地等待着,等待着早应该大白于天下的真相大白于天下,并去承担愚蠢自私的后果。

蒋喜梅冷不丁冲出来,又叫住他:"急啥,东西不要了?"他心里有鬼,惊出一身汗来,扭过头,却见蒋喜梅拎着那袋黄花鱼递过来。"你留下吧,你们南方人不是爱吃鱼吗?"他没接,转身要走。"我爱吃归我爱吃。"蒋喜梅说,"你去中医馆总不能空着手吧?"他没说话,背身挥一挥手,示意蒋喜梅把鱼留下来,也或者是示意蒋喜梅回去。蒋喜梅并没有听他的,垂手提着那袋早已没了动静的南方的鱼,眼看阿正融进熙攘人群中。

六

隔老远,阿正就看见瘦高单薄的王多金又在讨钱。王多金挨着摊位走过,有时还说句"生意兴隆",大多时候,就只是嬉皮笑脸把手伸到摊贩们面前说："给我一块钱。"一块钱不算啥大钱，摊贩们大多不想见脏兮兮的王多金杵在前面误生意，撇一张纸币或者扔一个硬币给他，顺带着爹娘老子地骂上几句。王多金脸皮厚，说不羞也骂不臊，钱到手，就打躬作揖去下一家。遇上不给的，王多金决不罢休，对方卖啥就顺手拿啥，就算摊主难惹，他也是打不还手骂不还口，反正便宜是占定了。知道了王多金是这样的王多金，摊贩们也就容了他，见他远远地来，早就准备好了一块钱。

箭头村刘铁瓦的胡萝卜卖得快见筐底，剩下的都是些小萝卜头或带疤带伤的，就算他扯开嗓门喊"便宜卖啦"，仍是看的人多买的人少，喊着喊着，他也就没了劲。嘴停下，眼睛却滴溜溜转，他隔了十几米，就看见了挤在人群里的王多金朝这边来，绕过王多金，他也看见了更远处的阿正。

刘铁瓦从腰包里掏出一块钱攥在手里，等王多金，也等阿正。

"多金，来——"刘铁瓦老远就把一块钱纸币扬得高高的。

王多金嬉皮笑脸望向这边，却不着急过来，他一个摊子一伸手，一个也不放过。等王多金终于过来了，刘铁瓦却把一块钱收了起来，指着卖剩下的胡萝卜对王多金说："一块钱可买不来这些，行了，就都给你吧。"

王多金嘿嘿笑："好我的叔呀，我一不开伙二不做饭，要这些干啥？"

"你不吃饭？"

"凯旋饭店是我的定点食堂哩。"

"你大不吃饭?"

"我们是——个人管个人。"

"你卖了也行,准比一块钱多。"

王多金嬉皮笑脸:"我伸个手就能要来,可拉不下脸去卖。"

边上看热闹的轰然一笑,让刘铁瓦脸上挂不住,他骂:"你他妈的一个要饭的倒还比我体面。"又说,"今天横竖没钱,要呢,就是这些胡萝卜。"

王多金把手伸得长长的,咧着嘴问:"刚才那一块钱呢?"

刘铁瓦瞥一眼走近了的阿正,说:"留着给阿正交税。"

"那你不给我交税?"

"给你交税?"刘铁瓦故意问,"你收的是个啥税?"

"阿正收的是国税、地税,我伸了手,就算是伸手税吧。"

"好,我就交你这个伸手税。"刘铁瓦作势从腰包里掏钱,却又扭过头问已经走近的阿正,"阿正啊,你是管市场的,这伸手税可是你让收的?"

王多金当刘铁瓦用阿正诓他,嬉笑说:"你问吧,不要说一个小小的阿正,就算县上省上也不敢不让我收,我有国家批文呢,得空让你开开眼。"

刘铁瓦说:"好呀,也让我长长见识。"

围观众人被逗得轰然一笑,王多金得意,也咧嘴跟着一起笑。

阿正从人群里冲出来,一把揪住王多金生着冻疮的耳朵,跟上又在屁股上踹了一脚,骂他说:"你个好吃懒做的王多金,不好好跟着你先人在修鞋铺学修鞋,倒做起无赖来了。"王多金就像一张被拉弯了的弓,咧嘴吸溜着,哼哼着向阿正讨饶。阿正厉声问王多金:"信不信我把你送到派出所去?""阿正爷爷饶了我呀,到那里可没人给我送饭,非饿死不行。"众人又是一阵哄笑,阿正拧着王多金的耳朵转了个圈,王多金疼不过,"呀呀哇哇"跟着自己的耳朵走,阿正说:"你这样子苟活于世,还不如饿死算球。"王多金说:"我还得给我大做饭呢,我饿死了,我大也就活不成了。"阿正气乐了:"你这会儿倒还成了孝子。"王多金说:"人不孝猪狗不如!"

　　阿正不想再和王多金磨嘴皮子,松了他的耳朵,当着众人面讲:"好好学修鞋的手艺,不要整天吊儿郎当,再见你讨钱,我非拧掉你的耳朵。"

　　王多金蹲地上搓了半天耳朵,突然站起来窜到街中央,跳着脚喊:"我就不学修鞋,我就吊儿郎当,我就讨钱,看把你阿正能的,还管上我了!"

　　"你再说一遍!"

　　"我就说了!"王多金跳着脚,"孙子管他爷喽,孙子管他爷喽!"

　　阿正追出去,王多金已经跑远,选了一处易逃脱之地,又叫骂起阿正来。众人散了,阿正也没心思去追打王多金,他得紧赶着往派出所去一趟。

　　阿正经过张寡妇手机店的时候,见老甲仍蹲在人群里下着象棋。他心下奇怪,老甲那么一蹲半天不累吗?盯着方寸棋盘那么长时间有意思吗?一分钱不赢倒比干啥都上心。他思谋新的人选,要换掉老甲,还有小乙。

109

脑子里想着事，一抬头就到了派出所门口，阿正和门卫老梁打完招呼，还没等往里走呢，就恍然意识到自己手里空着。王多金刚才一搅扰，他竟忘了黄花鱼留给蒋喜梅的事，赶忙转了身，朝斜对面的浮萍烟酒店走去。

浮萍坐在烟酒店门口晒太阳，这会儿正伸长了脖子看南陵村的刘家女人和一个买了虎头鞋又来退的老太太干仗。老太太说，买的时候虎头鞋的一只耳朵就扯开了，非退不可。刘家女人大喊，卖的时候两只耳朵都严丝合缝，坚决不退。俩人拉起架势来，愈吵愈烈，谁都没打算妥协。

阿正挡住了浮萍看热闹，浮萍才发现阿正来。

"哎呀呀，是阿正呀，稀客呢！"浮萍扭着身子站起，欢喜地看着阿正，眉飞色舞地问，"以前都是绕着我门前过的，今儿个咋想起来看我了？"

"来照顾你生意。"阿正径直走进烟酒店。

"要啥，烟还是酒？"浮萍笑嘻嘻追进来，"不是一家人不进一家门，等着你做我的妹夫呢。妹夫——你说，不管要啥，姐今天都给你算进货价。"

"你可别乱认人！"

"呀呀呀！"浮萍佯装绷起脸，"咋地，怕胡紫珠听到？"又说，"我海丽妹妹要模样有模样，要事业有事业，哪点比不上那个卖中草药的？"

"取两条好猫。"

"哪种？"浮萍问，"蓝猫，红猫，还是盛世经典？"又说，"海丽看上你是你的福分呢。你咋想地？这会儿不珍惜，以后后悔可来不及了。"

"红猫。"阿正问,"多少钱?"

"别人两百,给你算一百九吧。"浮萍说,"谁让你是我妹夫呢。"

"取两条。"阿正说,"用黑色袋子装。"

"咋,送礼?"浮萍压低了声音问。

阿正没回答她,朝玻璃柜台上撇了四百块,接过浮萍装好的烟转身就走,浮萍在后头喊:"别急,找你钱。"阿正当是没听到。可都走出去了,他又折身返了回来,浮萍把找的二十块递过来:"这是给我当妹夫的福利。"

阿正没接,正色说:"有个事想问你哩。"

"好呀!"浮萍挑着眉,"尽管问。"

"你和海丽到广东打工是在一起吧?"

"在一起!"浮萍敛住笑,"咋了?"

"你们在那边干的啥工作?"

浮萍狐疑地看着阿正,问:"海丽给你咋说的?"

"你别管她咋说,你有啥说啥。"

"我们开始进的电子厂。"

"后来呢?"

"后来去过服装厂。"

"再后来?"

"我在皮革厂还干过一段。"浮萍皱着眉,"时间短,只干了一个来月。那里面味道太大,时间长了头疼,实在受不了,工资没领完就换地儿了。"

111

"海丽呢？"

"海丽呀，她还进过玩具厂。"

"之后呢？"

"之后？"浮萍想了想，实在想不起来，或者不愿意再费脑筋，便板着脸不高兴，"陈正，你这是想干啥，你要查户口吗？到底想知道个啥？"

"海丽说她干过文员！"

"对对对。"浮萍小鸡啄米一样点着头，"海丽是干过文员。"

"可你刚才没说。"

"你跟警察审犯人一样揪着问，我被唬住了。"浮萍又接着说，"海丽上过高中，虽说高二就不读了，可毕竟有底子，干啥都上手快，比我强。"

阿正抬起眼皮子："你干过文员没？"

浮萍摆手："我就是个小学水平，哪干得了那个。"

一口气从腹腔上涌，阿正重重地吁了出去："你忙吧，我走了！"

浮萍又把那二十块扬起来："你的钱。"

阿正说："留着吧，权当咨询费。"

浮萍也就收了："还有咨询费？那我盼你天天来问呢。"

"我可不敢天天来——"阿正本来想说寡妇门前是非多的，话穿过牙缝涌到唇边，又被生生憋了回去，打了个磕巴，改口问，"冯哥还没消息？"

"死在外面了吧。"浮萍瞬间像泄气的皮球，"我就等着给他收尸呢。"

"要往好处想哩。"

浮萍抬眼皮子瞥阿正:"死了最好!"

阿正提及的冯哥是浮萍的丈夫冯松水。冯松水那时是宫里中学的教导主任,家境好,人也活泛,宫里镇有待嫁女儿的人家,十有八九都倒贴了钱,找金婶子去冯家撮合,冯松水任金婶子口吐莲花,一个都没看中。浮萍从广东一回到宫里,第一个两眼放光的就是冯松水。浮萍长得水灵,也会打扮,走到哪里都是一朵花,男人们都像蜜蜂,也像苍蝇,嘤嘤嗡嗡地围着她转,那时,只要她点谁,谁就心甘情愿成为她一辈子的丈夫。宫里的男青年都在盼这个机会,冯松水不光盼,还天天骑着摩托车到浮萍家门口等。直到有一天,他见浮萍坐上了邱亮的越野车,美丽的浮萍和气派的邱亮在越野车里有说有笑,曾经骄傲的冯松水老师不知道他们说什么,也不知道他们笑什么,他被孤独地丢在车屁股撇下的扬尘里,呆若木鸡。

邱亮和浮萍的交往非常短暂,三五天,顶多也就一个星期,如果不是冯松水无意间看到,他几乎不会想到浮萍上过那辆给他蒙上一层灰尘的越野车。邱亮和浮萍的交往更像是一种仪式,蜻蜓点水,点到为止;飞蛾扑火,不管不顾;也或者是用馒头充一次饥,用凉水解一次渴,都觊觎着想要的。要到了,或者没要到,只有鬼知道,冯松水大概是什么都不清楚的。

冯松水不想再被横刀夺爱,见了浮萍和别的男人说笑,他骤然就生出喘不上气的心疼来。冯松水四处借钱,买了辆国产越野车,加班加点拿了驾照,就见天开着在浮萍家门口守着。他还约浮萍到县城乱买一气,并在镇中心的邮电大楼上挂过写着热辣情话的横幅。宫里人都说，没想到温文尔雅的冯老师还是这样的人。浮萍来者不拒，也顺水推舟成了冯松水的新娘。

婚礼办得轰动一时，那场面就像王子迎娶公主。

没人知道洞房花烛夜发生了什么。第二天早上，很少的几个人见到了失魂落魄的冯松水踉踉跄跄地离开宫里，他们推测他喝了一整晚的酒，没人说得清守着如花似玉新娘的冯松水为什么往死里灌自己。之后，冯松水再没回过宫里，没人见到他，也没有他的任何消息，仿佛从人间蒸发了。

冯松水为什么离家出走？浮萍不讲，就没人知道，或者就连浮萍自己也不知道。冯松水成了宫里的一个话题，也成了一个让宫里人捉摸不透的巨大谜团。四面八方的人来到宫里，总要问一句，你们的冯松水回来没？宫里的人见了浮萍，同样要问一句，你家的冯松水回来没？虽然被认识或者不认识的无数的人惦记着，但铁石心肠的冯松水仍旧是杳无音信。

"总会回来的。"阿正自言自语地念叨着。

"你们的事能不能成？"浮萍打住了关于冯松水的话题。

"嗯？"阿正一头雾水，"什么事？"

"你和海丽的事。"

"哦！"阿正望向窗外，眼睛里空空地泛着飘忽和迷茫。

"到底能不能成？"浮萍又问了一次。

"冯哥会回来的！"阿正提着黑色袋子里的两条烟转身离去。

浮萍望着阿正的背影，重重地叹了口气。

七

　　阿正走过胖美丽馒头店时，见胖美丽在自家门口站着，刘金定媳妇也在，她俩头顶头讲悄悄话。俩人嘀咕一阵，刘金定媳妇还抬头往街上瞄一眼，像是防备着谁。阿正忽然记起老方请托的事情，就转身朝馒头店去。

　　刘金定媳妇看着阿正拐过弯朝馒头店来，不待阿正走近，便要离开。阿正说："咋了，我这一来你就要走？"又说，"肯定是在说我的坏话呢。"

　　刘金定媳妇从布满愁云的脸上挤出一丝笑，不解释为什么要走，也不解释有没有说阿正坏话，她牵强地朝阿正点了点头，就急匆匆拐到正街上。

　　"你们俩肯定说我坏话了！"阿正进到馒头店里。

　　"刘嫂为自己家的事都快急疯了，哪有闲心说你。"

　　"咋了？"阿正一脸坏笑，"五金店里又丢螺丝了？"

　　"你就损吧。"胖美丽瞪阿正，"一个巴掌拍不响。"

　　"那还有啥着急忙慌的事？"

　　"刘晓娟不见了。"

　　"大惊小怪。"阿正瞅着胖美丽，"大活人还能丢了？"

　　"你不知道。"胖美丽把阿正往店里揪了揪，"刘晓娟最近有点状况。"

　　"咋了？"

　　"我给你说了，你可千万不要给别人说。"

　　"嗯，不说！"

115

"她不是前段时间跟邱亮谈朋友么。"

"这个全宫里人都知道。"

"不是又散了么。"

"这个全宫里人也知道。"

"可是——"胖美丽朝街上瞥一眼,见没人,才放心讲,"她怀上了。"

"啥?"阿正瞪大了眼睛,"谁的?"

"刚和邱亮散,你说谁的?"胖美丽告诉阿正,"刘晓娟这段时间茶不思饭不想,人都瘦脱了形,刘金定媳妇以为是和邱亮分手伤了心,平日里也就说几句宽慰的话,想着这个坎慢慢也就迈过去了。谁承想,今天早上刘金定翻箱倒柜找一张进货收据时,无意间看到刘晓娟在医院检查的报告单。刘金定当场就炸了锅,先是怒骂一通刘晓娟不自爱不要脸什么的,又逼着刘晓娟去找邱亮要说法,刘晓娟哭着不去,刘金定就撕扯着把她往外推,还说了让她永远不要回来的话,任刘嫂怎么劝都不管用。出了门就是集,那会儿街上的人已经多起来,刘嫂不想露丑,也就没紧赶着追出去,等回头劝了番发疯野牛一样的刘金定,再顺路追来时,却怎么也找不到刘晓娟了。"

"一个大活人还能飞了?"

"可不是。"胖美丽朝南边指指,"杜老六给刘嫂说,见着刘晓娟哭哭啼啼地往川道里去了。"又说,"但愿她别像刘金定那样一根筋,做了傻事。"

"刘金定两口子没去找邱亮?"

"也满大街找呢。"

"他们得和邱亮拼命。"

"人家哪像你那么傻。"胖美丽说,"刘嫂托我去邱亮家提亲。"

阿正瞪大眼睛:"提亲?"又摇头,"这事也就刘金定两口子做得出。"

"你站着说话不腰疼。"胖美丽问,"你说,都这样了,还能咋办?"

"我懒得管他们的闲事,我要给你讲我的事。"阿正说,"不管怎样,你得帮我。"又说,"都是人托人,你帮我办了他们的事,他们才能办我的事。"

"你又犯啥事了?"胖美丽皱着眉。

"说来话长,先给你讲要办的事。"

阿正初中那阵子追过胖美丽,没追上,后来呢,没上高中的胖美丽又反过来追高中在读的阿正,也没得手。俩人一来二去折腾了五六年,爱情没培养出来,倒奠定了友情。胖美丽入社会早,初中毕了业就在宫里打工,杂货店卖过货、饭店里当过服务员、超市里收过银,之后呢,又自起炉灶卖过水果、贩过衣服,还倒腾过一段时间的电子产品,社会风向变,她也紧跟着变,现在经营着这家宫里唯一的馒头店。镇上和周围村子里自己蒸馒头的人越来越少,胖美丽的生意就越来越好。胖美丽也是热心肠,爱管闲事,慢慢就有了江湖名声,找她办事的人多,给她面子买她账的人也多。

阿正自回到宫里开始,就领教了胖美丽的无所不能。他虽不可能跟她再发生点啥,但也从不拿她当外人,遇上难办的事,最先找的就是胖美丽。

从馒头店出来,阿正原本要去派出所见警察老方,但上街后,见几个闲人围着杜老六打听刘晓娟的事,就临时改了主意,决定先去一趟中医馆。

阿正中途绕进胖子台球厅,寄放了两条烟。出来后,到江顺的摊子上装了一塑料袋花牛苹果,又到姚大年的筐子里挑了两斤冻柿饼,两袋东西提在手里一比画,虽说不寒碜,但还是做了一番思想斗争,才往中医馆去。

中医馆隔壁是马富贵药店,今天在药店前面摆摊的是西王家的王小川,他倒腾着卖的东西五花八门,有时是瓷器店清仓的碟子碗,有时是皮革厂倒闭的皮鞋,这回呢,换成了针织品厂大甩卖的秋衣裤。他在摊位前立了个硬纸板牌子,上面写着"秋衣十七,秋裤十八",有人问:"为啥价钱不一样,一会儿十七一会儿十八?"王小川拽起来:"不懂了吧,这叫七上八下。"大家说他鬼点子多,说话间,人也越聚越多,有的在身上比画长短,有的挑完颜色就买下来,手一稠,都发了急抢,就跟不要钱似的。

王小川脚下垫着从马富贵药店借来的塑料凳,高高在上地接过一张张递过来的钱,又三块两块地找零出去,忙乱间,他看到阿正犹犹豫豫地往这边来,老远地,他就喊阿正:"快来,衣服便宜了,给你挑上两件!"

阿正抬起头的时候,见到卖衣服的和买衣服的都齐刷刷地看着他,没做亏心事,却窘得不行。阿正后悔起来,应该交代老甲和小乙在马富贵药店前也不圈摊位的,也怪自己,没早过来转一圈,给王小川换个地方。现在说啥都来不及了,都看见了他提着

118

东西，而且将迈进胡记中医馆的大门。

"你的伪劣产品，我才不要呢。"阿正刻意把拎在手里的花牛苹果和冻柿饼甩得自然一点，"这大冬天的竟然上了火。"又说，"我得找点药！"

"你不是在理发店泄过火了吗?"王多金冷不丁从人群里窜出来。

有人不怀好意笑出声来，阿正作势追打王多金，王多金却又窜进人群跑开了。阿正狠狠地骂了一句，也不管众人的笑和议论，低头朝中医馆去。

马富贵蔫蔫地窝在躺椅里晒太阳。他前年查出胃癌，家里不差钱，他却坚决不做手术，整日念叨"人固有一死"，只了无希望等"一死"，却没死成，重新生出活下去的希望，奋发图强发明了治疗癌症的晒太阳疗法，不管春夏秋冬，只要太阳一露面，他就搬着躺椅出来晒，脸都晒成了黑红色。

阿正问候马富贵："马叔好！"

马富贵头也不抬，眼也不睁："好啥好，等死呢。"

"你这晒太阳管用，能活一百岁。"

马富贵睁开眼："是阿正呀。"嘿嘿笑，"一百岁不敢说，反正我这晒太阳的疗法比大医院的手术管用，你看，一分钱不花，还活得好好的。"

"你是有福之人。"

"感谢太阳公公。"

马富贵又窝进了躺椅里，阿正则进了胡记中医馆。

阿正紧张地扫了一圈，胡医生不在，他才松口气。

119

胡紫珠伏在柜台上和一个病人窃窃私语,他一进去,她们就不说了,那病人转过身,竟是刘金定媳妇。他想问刘晓娟找到没有,张了张嘴,觉出不妥,就没问。刘金定媳妇神色复杂地瞥了他一眼,跟胡紫珠打了个招呼就走了。他问胡紫珠:"人找到没?"胡紫珠疑惑地看着他:"找谁?"

"没谁。"

"说话没头没脑。"

"给你带了点水果。"阿正把花牛苹果和冻柿饼逐一摆到柜台上。

"又是白拿的?"胡紫珠瞪他。

"买的。"阿正说,"我从不白拿。"

"从不白拿?"

"嗯,有时也——走得急忘了给钱。"

"谁信?"

"你不是讲过我说啥你都信吗?"

"那是以前。"胡紫珠瞪大眼睛强调,"现在是现在!"

"你在西安多好,非得回来?"阿正落座在刚才刘金定媳妇坐过的高脚凳上,也像刘金定媳妇刚才那样伏在柜台,"你不知道吗?现在村里的人都往乡镇搬,乡镇的人宁愿借钱也要在县城买房,县城的人又想办法去省城落户,省城的人呢,都朝北京发展,北京有钱的,就一窝蜂地去外国买房子买地,那更有钱的,还买岛呢。知道吧,这才是发展的大势头。"

"你不也回来了?"

"咱俩情况不一样。"阿正说,"我还不是为了接这个班?"又说,"我大要是活着,我肯定赖也赖在西安,可这不是没办法吗,我迟早也得离开。"

"你去哪?"

"流浪去!"阿正嬉笑地看着胡紫珠,"要不要一起呀?"

"才不和你一起。"

"那和谁?"

"要你管?"

"我看那个解放军隔三岔五朝中医馆来呢,他年纪轻轻的能有个啥病?再说了,他们导弹旅不是有军医么,人家军医还就看不了他的病?"

"你想说啥?"

"他不是来看病的吧?"

"你说呢?"

"他来看人!"

"看谁?"

"看你。"阿正乜斜眼睛诡异一笑,"他肯定是看上你了。"

"你胡说个啥。"胡紫珠狠拍在阿正伏于柜台的手上,"人家罗班长是常来,却不像你说的那样没正行。"又说,"你刚才的话倒是说对了一半。"

"哪一半?"阿正来了劲,"他真看上你了?"

胡紫珠红了脸:"人家是给驼子叔抓药。"

"驼子叔?"

"王多金他大。"

"给他抓药?"阿正关系理不过来,"他们沾着亲、带着故?"

121

"算你说着了。"

阿正正想不通呢，胡紫珠点醒他："人家是军民一家亲。"

"这个姓罗的解放军真不赖！"阿正啧啧点头。

"你之前不是怂恿宫里人不卖给他东西吗？"胡紫珠直视阿正，"我真以为是他不给钱。"又摇头，"没想到你堂堂正正的阿正导了这么一出。"

阿正嘿嘿笑："都是冲动惹的祸！"

"你来有事？"胡紫珠突然问阿正。

"嗯，好久没见，来看看你！"

胡紫珠挑一眼阿正："你跟金婶子讲话一个腔调。"

"啥意思？"

"都虚情假意。"

阿正耸着身子往柜台里凑了凑："金婶子这两天来过？"

"天天来。"

"今天也来了？"

"走了不到半个钟头。"

阿正耳朵发起热来："是不是说那事？"

"你也知道？"

阿正咧着嘴："那你咋想的？"

"我让她别在我这里浪费时间。"

"你这样说？"阿正努着嘴，沮丧起来。

"我也让她给邱亮带话，趁早断了这个念想！"

"啥？"阿正跳到地上，"金婶子撮合的是你和邱亮？"

"你不知道？"

阿正沉下脸："你可千万不能答应！"

胡紫珠冷眼看阿正："要你管？"

阿正自言自语："这个金婶子真是用心险恶，邱亮什么人她不知道吗？仗着有几个钱，整日里打着恋爱的旗号耍流氓，他这几年睡过的女人不下十几个。金婶子肯定是收了邱亮的钱，她这明摆着是把你往火坑里推。"

胡紫珠听出了阿正给自己递话，便讲："我以为你们是同伙。"

阿正讨了个没趣，不甘心，说："邱亮是个大骗子！"

"你们怎样是你们的事，我管不着，也不干我事。"

阿正听胡紫珠把他和邱亮归为一类，称作"你们"，心里疼起来，却仍旧提醒："邱亮最会花言巧语，金婶子撮合不成，他肯定又会想出别的办法。反正你记住一条，他那种人不能染，他就是细菌，就是病毒，染上了就要吃亏的。"见胡紫珠自去忙了，又说，"姓罗的解放军倒是个好人。"

胡紫珠转身过来看着他："你什么意思？"

阿正没来得及进一步解释，出诊的胡医生背着药箱回来了，他瞅一眼阿正，又盯着柜台一侧的几包药问胡紫珠："小罗这个时候还没来取药？"

"没呢。"胡紫珠抬头望着对面墙上的挂钟，"这个点也应该来了。"

"叔，我走了！"阿正往门外退去。

"他可能被啥事给耽搁了。"胡医生还在说小罗的事。

"再等等吧。"胡紫珠朝阿正点点头，算是隔空说了再见。

八

出了胡记中医馆的门,阿正就朝金婶子的裁缝店去。他腹腔里的火就像点燃了塑料材质的五脏六腑,呼呼地往外冒着怒气,这个时候,好像不"杀"个人都不足以平息他郁积在心底里的羞辱和委屈。他猜到金婶子肯定收了邱亮的钱,也明白金婶子一开始就没安好心,但他还是得去当面问问。

阿正视人潮汹涌的集市为无物,在心里早已跟金婶子短兵相接了。

王庄的王老四跟阿正打招呼,他听见了,却回以敌意,睁圆了眼珠朝王老四瞪去,转头就是一脚,把一棵烂白菜踢了出去。烂白菜撞着前面路人的腿,改了道,又钻进黄大彪卖狗肉的小车底下。黄大彪看到了烂白菜飞过来,也看到了踢起烂白菜的阿正,他把剔狗肉的钢刀提在手里,狠狠地剜了阿正一眼,嘴上骂骂咧咧。阿正放缓了步子,也狠狠地瞪着黄大彪。

阿正以为黄大彪会借机生事,衍生出下一步的暴力动作,他这会儿被怒气和冲动加持,无所畏惧,主动朝着狗肉摊子去,他做好了应对一切突发事件的准备。可黄大彪呢,竟转移视线,又低头卖他的狗肉。阿正讨了个没趣,刚才汹汹生出来的气就像被扎了个孔,泄掉了,人也瘪了下去。

焦老大的猪肉摊子前有吵架声,人越聚越多,阿正这会儿已没有了向金婶子兴师问罪的强烈冲动,就也凑了上去。一看,竟是鹏程和焦老大的老婆五妹在争一块沾满了尘土和草屑的条子肉,一人抓一头,拔河一样。

"我要吃肉!"鹏程理直气壮地歪着脑袋。

"想吃肉就得掏钱。"五妹咬牙切齿。

"我没钱。"

"没钱就吃不成这肉。"

"我要吃肉!"鹏程又说。

"掏钱。"五妹仍旧咬牙切齿。

阿正猜测着他们这车轱辘一样的纠纷早就开始了,扫一眼也就知道了咋回事,不光他知道咋回事,这围观的一众闲人也都知道咋回事,之所以已经知道了咋回事还在这里耗时间,是因为他们想看看平日里飞扬跋扈的焦老大咋摆平五妹和鹏程。起码这会儿,焦老大皱着眉,一点办法都没有。

鹏程是金婶子的儿子,也有人说是焦老大的儿子。

金婶子年轻时候是个风流的人物,在宫里,不光她和焦老大的事尽人皆知,她和很多人的事也尽人皆知。有关她的风流韵事,见的人少,传的人多。很多事吧,传来传去就会出了岔子,和事实本身有了出入,或者失之毫厘谬以千里,完全变成了另一码子事,甚至变成了另一个人的事。宫里人不管这些,他们习惯了把金婶子的那些个烂事变成茶余饭后的谈资,一日日,一年年,就连金婶子都不知道,她怎么就变成了故事里的人。

他们说,金婶子爱过的人太多,所以到了适婚的年龄,竟找不到一个爱她的人了。找不到具体的爱的人,不具体的人就接二连三地出现了。也在那个时候,金婶子的绯闻就像春天里被阳光抚摸过的花草树木,一拨接着一拨迸发出来。不同的女人隔三岔五找上门去和金婶子干架,而她呢,毫不畏惧,就像一夫当关万夫莫开的第一个夫，把来犯之敌逐一都打败了。

他们说，金婶子那入赘过来的男人是在捉她奸的时候，从房上掉下来摔断腿的，可他们说不清，金婶子男人断了腿后他们为什么没有离婚，仍旧互相将就着过了那么多年。他们说，金婶子欠着她男人的，所以后来打不还手骂不还口。他们开始的时候并不怀疑鹏程是金婶子和他男人肉体纠缠后的收获，可能是鹏程在焦老大那里吃肉多了，竟生生长成了焦老大的模样。莫说传是非的人，就连不认亲妈的焦老大，也默认了鹏程是他的种。

金婶子一开始就知道，或者是后来才知道的。没人说得清。

鹏程智力不全，喜怒无常，生活里最大的乐趣就是吃肉。一遇上赶集的日子，不用谁说，他自个儿就欢欢喜喜朝焦老大的猪肉摊子去，开始是焦老大给多少他拿多少，后来是他拿多少焦老大就给多少。时间一长，精打细算的五妹不干了，回回跟了焦老大来赶集，也回回跟鹏程用猪肉拔河。

"不就一块肉嘛。"焦老大哼哼唧唧地对五妹说，"给他算了。"

"不行。"五妹不松手，"这肉又不是天上掉下来的，他得给钱。"

"他就是个孩子。"焦老大又哼哼唧唧，"犯不着。"

"他不是我的孩子。"五妹提高嗓门，"谁生的谁给他买肉吃。"

焦老大脸红脖子粗，没了办法，又木头一样杵在那里。

焦老大对外人发狠，在五妹面前却服服帖帖。还没结婚的时候，就有人劝五妹不要嫁给脾气暴躁的焦老大，怕她挨打受气，五妹却风轻云淡说:"家家都得有个掌柜的,不是东风压倒西风,就是西风压倒东风。"新婚燕尔,他们就闹得血雨腥风,焦老大揍了五妹,五妹决然跳井。五妹命大没死,受到震慑的焦老大却服了软。五妹压倒焦老大,当上他们家掌柜的。

阿正看到焦老大那个怂样子就来气,一想到平日里他的飞扬跋扈,更是气上加气,他真想冲上去夺过那块争执不下的猪肉,在焦老大的肥脸上狠狠地甩几下子。他把焦老大踹过他的那一脚记了几年,现在还没还呢。

猪肉战争难分胜负,阿正突然同情起金婶子来。

阿正从人群里退出来往回走,他不打算再去找金婶子算账了,甚至之前的事也不想再过问。爱咋咋地吧,胡紫珠不是鹏程,不会被谁三言两语或者仨瓜俩枣就骗了去,他也不用舍了自己去保护她,各人都有自己的生活,各人也都有自己的命,都在走自己的路,现在的路或许就是最好的路。

阿正去台球厅取烟的时候,胖子拽着他,说有事跟他讲。他急着去见老方,说回头再讲,胖子说:"急事。"他说:"是挺急的,老方等着我呢。"

九

老方叫方腊。《水浒传》里有个方腊,既是朝廷的敌人又是梁山的敌人,这个同名的方腊以前在东流水镇派出所,犯了说大不大、说小不小的错误,后来虽没受处理,却不得不挪窝,就来到宫里,洗白身份成了老方。

老方告诉阿正,早些年找过阿正的父亲办事,并说去过阿正的家。阿正父亲那时是风云人物，家里来人也多，阿正呢，多数时候不在家，就算在家，也是钻在屋子里打游戏，不关心谁来了，也不关心谁走了，更记不住谁是谁。阿正不记得，老方却记得，这样一来，他们就算是老相识了。

父亲死去很多年后，他的形象仍然屹立不倒。不断地有人在阿正跟前说起父亲生前的事，这些杳渺远去的往事有的阿正是知道的，更多的，则闻所未闻。每一个人谈起父亲都神情复杂，就像饱蘸了爱，却也充满着恨。

"宫里就得有宫里的规矩！"

父亲毕其一生都在试图改造宫里和宫里的人。有时候吧，行走在宫里的阿正恍若看见了父亲模糊而又伟大的影子。转瞬即逝，他再也找不到了。

刚到宫里那阵子，老方谁都不认识，就跟阿正走得近些，也找阿正帮了几件举手之劳的事情，时日一长，老方扎住了脚，两人来往就变稀疏了。

进门时，阿正给老梁撇了根烟，老梁娴熟地在空中接住，把烟夹到耳后，给阿正说："去吧，在哩。"又叮咛，"别走错，是里面那个大办公室。"

阿正想问老方是不是升官了，话到嘴边却没问。

阿正撩开棉布帘子敲门，听到里面喊"进"，他拧开把手推门朝里走。阿正第一个看见的不是老方，而是柳鑫源的儿子柳强。柳强缩着身子蹲在墙角，双手交叉抱着后脑勺，头上衣服上全是土沫子。他看柳强的时候柳强也在看他，他想打声招呼，却不知道该说啥，就什么也没说。阿正为难地看着跷二郎腿坐在沙发上的老方,想退出去,老方却拍拍双人沙发的另一半,让他坐。他没得选,只得坐下,顺手把装着烟的黑色塑料袋摆在正前方的茶几上。他用余光扫到老方看了一眼那个黑塑料袋,却什么也没说。

"咋弄?"吞云吐雾的老方突然大喝了一声,把刚坐下的阿正吓了一跳,他扭头看老方,才发现老方是在训柳强,"到底是交钱还是关上几天?"

"千万别说关的事。"柳强蜷腿挪到沙发边,抓住老方的胳膊,赔着笑脸乞求,"这一关弄得我真跟犯了法似的,再说了,我大还不得给气死?"

"把手放好!"老方呵斥柳强。

柳强被激了一个哆嗦,利索地把双手交叉又放到了脑后。

"你以为赌博是小事,告诉你,现在就能拘留你。"

"千万——千万——千万不敢拘留。"柳强双膝屈地,几乎跪下了。

"不想拘留就交钱。"

"罚得也太多了。"柳强挤出嬉皮笑脸,"少点呗?"

"最少三千。"老方大义凛然,"就没有比这更低的价。"

柳强蹙着眉头:"可——我没钱呀!"

"找你老板要。"老方把桌上的手机拿起来递给柳强。柳强不敢把手放下来,又不敢不接,为难得不行。老方不爽,就把手机扔到了柳强身上。

柳强捡起手机,不想拨,却又不敢不拨,抬头见老方凶神恶煞地看着他,赶紧低头按号码。电话拨了过去,他清清嗓子,酝

129

酿着要说的话，可是对方却一直未接，直到自动挂掉。柳强看一眼老方，又继续拨，和上次一样，电话响了，但仍是没人接，柳强为难地看着老方："打不通呀！"

"打给谁了？"

"邱亮！"

"继续打。"

"还给邱亮？"

"你傻呀！"老方说，"打给张凯旋。"

"我都不在凯旋饭店干了。"柳强说，"给张凯旋打不着呀！"

"那你说说，给谁打得着？"

柳强低头不语，像犯了错却又不认错的小学生。

"你看你把人活成啥了？"老方挖苦柳强，"几千块都找不来。"

这时候，柳强就像被老方点开了窍，扭过头来嬉皮笑脸地看阿正。阿正心里一紧，预感到这是柳强向他张口借钱的明显征兆。阿正清楚得很，把钱借给嗜赌如命的柳强就是肉包子打狗。他转动大脑，想着拒绝的说辞。

老方替阿正挡了柳强："给你老子打吧。"

柳强差不多要哭了。

"打还是不打？"

"我大会'杀'了我的。"

"那我这就办拘留手续。"老方作势出门去。

"别呀！"柳强一把拉住老方，"我打还不行吗？"

"就是嘛。"老方说，"这个时候不找你老子，还等到什么时候？"

柳鑫源不管嘴上怎么骂怎么说不管，遇上事了却不含糊，他在电话那端言辞激烈地骂了一阵子柳强，柳强不顶撞也不接话，只是个听，待那边出完气，柳强才挂了电话。他对老方说："说好了，我大一会儿就拿钱来。"

"这就对了。"老方高兴地说，"摊上事总得有一个正确的解决方式。"又过去把柳强拉了起来，"去隔壁坐着等你大吧，我和阿正还有事情要说。"

柳强站起来拍了拍身上的土，低头弓腰，怯怯地出了门去。

"办妥了没？"柳强一走，阿正就过去把门关上了。

"妥了。"老方说，"这事简单，他老子送钱来，我就放他走。"

"不是这个。"阿正说，"我问的是那个事。"

老方恍然大悟："对对对，咱有咱的事，我咋还拐到柳强那儿去了。"他递了一根烟给阿正，又递过去火，"煤的事怎么样，能不能卖出去？"

"没问题。"阿正问，"排查得怎么样了，有没有线索？"

"这两天我啥都没干，就专门忙你这事呢，该问的都问了，也没问出个啥结果来。我估摸呀，图财的时候多，你想呀，这全官里的人都知道你是收税的，也都知道你身上有钱，真要有人穷急眼了，不抢你抢谁？"老方吞云吐雾，"所以呀，这钱是王八蛋，有时是为你呢，有时也是害你呢。"

"我觉得不对劲。"阿正说，"那会儿我手里有钱，腰包鼓鼓囊囊在手里攥着呢，他要抢也不是啥难事，可他只顾抢铁棍砸

131

我，没有抢钱的意思。"

"那不是来人了嘛。"老方说，"他还没顾得上抢哩。"

"我总感觉不是谋财。"

"不是谋财是啥?"老方乐了，"难道是想害你的命?"又问，"你这两天观察得怎么样，有没有发现可疑的人?如果有，你给我报名字，我先抓起来审一审。还有——"老方接着问，"你最近有没有得罪过谁呀?"

阿正想说邱亮，又拿不准算不算得罪了邱亮，就没说，但也想不到其他人。啥样算得罪，啥样算没得罪，他说不清，这会儿脑子乱成了糨糊。

"我呢，扩大排查，你也继续观察。"老方提醒他，"要真是得罪了谁，最近还要注意呢，晚上少出门，也别到人少的地方去，小心再被抡黑棍。"

阿正被老方说得心里一沉，仿佛瞬间坠入了生死之境。

"那铁棍可不细。"老方啧啧咂嘴，"挨一下够受的。"

"还留着?"

"必须得留着，那是重要物证。"

"能是谁呢?"阿正自言自语。

"照你那么一说，我估摸着是熟人作案。"老方说，"说不定这人现在就在宫里街道，或者就在咱们眼皮子底下，说不定还天天见面呢。"

阿正愈发心慌。

"解放军呢，你没有找他问一问?说不定他能提供有价值的线索呢，这回你可得好好感谢人家，要不是他出手相助，后果不堪设想。"老方又说,"那根铁棍真他娘的够粗,抡圆了,那一下子绝对能把骨头齐茬打断。"

"我找了,今天还没见来。"

"你也别害怕,行凶的人我迟早给你找出来。"

"给方哥添麻烦了。"

"见外了,这些都是我的分内之责,再说了,咱俩啥关系?"这边的话打住,老方又从另一边起了个头,"老姜这两天又没收了几车煤,城里不让烧了,他也找不到出路,都是自己兄弟,能帮的咱还得想法子帮一帮。"

"得帮。"阿正应承下来,"这事我来办。"

"好兄弟!"老方贴着坐过去,伸胳膊紧紧搂住了阿正的肩膀。

十

阿正出派出所时,看见柳鑫源火急火燎地奔过来,他想跟柳鑫源打招呼,站定了张开口,却见铁青着脸的柳鑫源压根没朝他这边看一眼。他讨了个没趣,嘴又闭上了,在原地站了那么一会儿,便朝着熙攘的街上去。

杨结实的猪崽卖完了,这会儿正骑在只剩下柴草的筐子上沾着唾沫数钱。阿正喊杨结实,第一声没喊应,扯开嗓子又喊了一次,杨结实才极不情愿地把注意力从一大把票子上移过来。阿正调侃说:"挣了钱得请客呀!"

杨结实就只嘿嘿笑,不接阿正的话,笑完了,低下头重新开始数攥在手里的零零整整的票子,数上几张,就伸舌头舔一下大拇指,行云流水,毫无违和感。阿正骂杨结实是财迷,一抬头,见牛娃子也没走哩。

"那个罗班长还没来?"

"是啊,都这个时候了。"牛娃子朝街道的两头瞅着,心怀希望。

"他不会今儿不来了吧?"

"他说来就肯定来。"牛娃子说,"他啥时候来我等他到啥时候。"

阿正还想跟牛娃子再说几句,却听到有人喊,循了声音望去,见胖子站在自家台球厅门口正给他招手。他记起之前胖子说有事找他,就辞了牛娃子朝台球厅走去。一路上还想呢,没有正形的胖子找他到底能有个啥正事。

胖子把他领到台球厅里面的小隔间,点了烟,倒上茶,神秘兮兮地倒说起闲事。他眨巴着绿豆样的小眼睛低声说:"我知道了一个天大的秘密。"

"啥?"阿正一刹那对胖子充满希望,以为胖子知道了他急于找到的人是谁,但又想起这事并不为外人所知,胖子应该扯不到这上面来。未等胖子说,他那瞬间加热的心又迅速凉下来,随口调侃:"外星人要进攻地球?"

"这算个啥事。"胖子欲擒故纵。

"比这事还大?"阿正来了兴趣。

"邱亮和琼菊花有一腿。"胖子把嘴贴到了阿正耳朵边。

"和谁?"阿正盯着胖子。

"琼菊花。"胖子解释,"就是山海的媳妇。"

"你可不要听了别人乱讲就跟着传,尤其这种事。"阿正坐直了身子,一本正经地教训胖子,"山海是个愣头货,他可是敢提着刀子捅人的。"

胖子急了:"这事我咋敢乱说,亲眼见的。"

"你在人家床头见的?"阿正不信,反问胖子。

"他们大胆得很,在邱亮的车上干呢。"

"你也在车上?"阿正损胖子。

"前天晚上我们几个在张凯旋那儿吃饭,我要喝白的,黄大彪非喝啤的,我就不爱喝啤的,尤其是大冷天的,肚子凉,尿也多。黄大彪那人你也知道,说一不二,霸道得很,他坚持喝啤的,我们就只能随了他,这一晚上的,尽尿尿了。有一趟还赶上厕所有人,我憋不住,就到外头解决,邱亮的车停在马路对过的渠边,我想着狗日的车也不给我坐,我就尿他一回。还没尿呢,就见车动了,我以为是自动感应无人驾驶啥的,尿都吓回去了,后来走过去一看,狗日的真是风流,一男一女正干得起劲呢。"

"你看清了是邱亮和山海媳妇?"

"那哪能看清,只看得见是俩人干呢。"

"那你还指名道姓地说?"

"当时看不清我不知道等呀?"胖子的小眼睛在眼窝里打转转,"我饭都不吃了,就等他们完事,挨了半个多小时的冻,总算看清是谁和谁搞。"

"你倒是挺敬业。"

"下了车,邱亮还给琼菊花钱了。"

"给钱?"

"是啊，我也想呢，难不成琼菊花就是干这个的？或者山海知道这事，这是他两口子的副业？"胖子又摇头，"不可能，绝对不可能！"

"你就别闲吃萝卜淡操心了。"阿正叮嘱胖子，"这个事也不要给别的人说了，弄不好是要死人的。"又说，"早知道你说这事，我就不应该过来。"

"这是我给你的独家情报。"胖子嘿嘿笑，"对你有用。"

阿正盯着胖子。

"邱亮不是跟你争胡紫珠嘛，你把这消息放出去，胡紫珠还能跟他？"胖子那原本就不大的眼睛眯成了一条缝，"他有俩钱怎么了，有钱就能想干啥就干啥？"又说，"山海要是真能给上他一刀，那才算是为民除害呢。"

阿正看胖子，就像看一桩蓄谋已久的凶杀案的幕后策划者。

胖子倒嘿嘿笑起来："说着玩呢，可不敢盼着谁动刀子。"

"我可是认真听呢。"

"我有件事要跟你认真说呢。"

"不会是让我去找于红说媒吧？"

"没到这一步呢。"胖子叹口气，"我想在县里买个房子，去年春上就想买哩，可是首付差三万，就没买成，这一年多来我东借西凑加上攒的，再去看，房子倒是在，可人家把计算机滴滴答答一按，竟说差出八万来。"

阿正听乐了："我说你这个死胖子，平时不是精得很吗？这账是咋算的，同样的房子，钱凑得越来越多，到头来咋还能差得越来越远了？"

"房价涨了嘛。"胖子说,"你在县里有房,不用操这个心。"

"就是涨也有个数嘛。"

"有啥数?"胖子一脸委屈,"上回一平方两千八,这次五千一。"

"疯了吧?"

"人家的房子人家说了算,咱有啥办法呢?"

"不买不行?"阿正跷起二郎腿,"咱在这宫里住得好好的,房是自己的房,地是自己的地,空气好,人也熟,非要挤破了头到县里去?"

胖子苦笑:"你是饱汉子不知饿汉子饥呢,我现在还是光杆司令,县里没个房子谁能跟我。再说了,娃娃在县里上学也得拿着房本报名,没房子,连书都念不成。"又说,"张凯旋、刘金定、小乙,他们都在县里买房了。"

"小乙也买了?"这倒是让阿正吃惊不小。

"他有钱呢。"胖子挤了挤眼却没继续往下说。

"那我能帮你个啥?"阿正等着胖子跟他提借钱的事。

"帮我找找人。"胖子从嘴里咧出笑的意思来,"我知道你在县里有人,我那个楼盘他们有的找熟人能每平方便宜两百块,一套房子就是两万块。"

"我找谁?"

"我问了,他们说房管局行,消防队也行。"

阿正想拒绝,想了想却说:"好吧,我试着问一下。"

"好哥哩,你可不能只是个试,都知道你在县里的人脉广,你要给咱操心把这事弄成哩,我这娶媳妇生娃当城里人的希望全

137

寄托在你身上了。"胖子亲昵地抓住阿正的袖子,"事成了,我在张凯旋那儿请你好好吃一顿。"

阿正犹豫了一下,还是问:"海丽和邱亮的事也是你看见的?"

"海丽和邱亮——"胖子一时没转过弯,"他们什么事?"

"都说你看见邱亮在海丽理发店过夜!"

"绝对没有。"胖子拨浪鼓一样摇头,手摆得也像调到最高转速的风扇,"你可别听人乱传,海丽和邱亮的事我可是一概不知,也啥都没说过。"

"当真?"

"说假话死全家!"

阿正拍拍胖子的肩膀出门去。

胖子看着阿正出了隔间门,又出了台球厅大门,才反应过来在后面喊:"陈哥,记得房子的事。"又喊,"海丽和邱亮的事,我真是一点都不知道。"

十一

阿正装了一肚子心事,朝着凯旋饭店去。

他急于见到导弹旅的罗班长,他对导弹旅心生过嫌隙,但那是以前的事。他更急于见到和他一起长大的邱亮,他们好到过穿一条裤子,但那也都过去了。往事溶解于飘忽离去的时间长河,都一去不返了。现在呢,该来的都会来,他觉得到了该做了断的时候了,哪怕其中暗藏着未知的凶险。

会是一个什么样的结果呢?

他不知道，只能跟热锅上的蚂蚁一样胡思乱想，徒然不知何去。

战斗靠在他的三轮车上眯着眼睛晒太阳，手机里放着秦腔戏，戏一句一句地唱，战斗浸在阳光里的头也跟着节奏左右摇晃，看起来很是享受。

听到阿正走近的脚步声，战斗才懒懒地睁开眼。

"还不回？"阿正走近了问。

"等罗班长呢。"战斗努着嘴，"还给他留着鱼呢。"

"他不会不来吧？"阿正也焦急地朝着人渐稀疏的路尽头望去。

"不好说。"战斗挺直了身子，"说不定遇上啥紧急任务走不开了。"

"以前有过这样的事？"阿正追着问。

"没！"战斗摇头。

阿正心里慌慌的，大口地出气，却仍感觉憋得难受。

"他要来了，你就说我寻他哩。"

战斗点头应允。

阿正又想起另一件事："邱亮没找我？"

战斗又眯起眼睛："说来也怪，邱亮今天也不见来呢。"

"没去张凯旋那儿吃饭？"

"这个我倒不知道。"

阿正别了战斗，远远地瞥见黄大彪在一根钢管上磨他切肉的尖刀，刀和管紧密接触时，那刺啦刺啦的声音粗暴入耳，他难受得不行，快走了两步，却想起留在老方办公室的另一根钢管。他

139

冒昧猜测两根钢管说不定是一样的钢管,他燃起了新鲜的希望,回过头去再看,黄大彪却已经把钢管收了起来,只留下明晃晃的尖刀攥在手里。阿正清楚黄大彪在给他示威哩。

他倒希望是黄大彪干的,那家伙十年前就扬言要弄死阿正。

杨结实没有像往常那样急着回家,而是在贼老刘的麻将馆门口和柳强斗嘴呢。阿正看见柳强的额头上有一块明显的淤青,他猜测这是被气急败坏的柳鑫源打的。他也疑惑呢,刚出来的柳强竟有心思和杨结实斗闲嘴。

柳强叫杨结实:"打牌去。"

杨结实摇头:"我不弄那些旁门左道的营生。"

柳强笑他:"你不是不弄,是不会弄吧?"

杨结实一急,就有些结巴:"谁,谁,谁说我不会弄!我,我,我给你说,我,我,我只是不想弄。要,要,要是我想弄,你,你不是对手呢。"

"别光吹!耍嘴皮子谁不会?"

"你,你,你才耍嘴皮子呢。"

"有本事比一下?"

"比,比,比就比!"

前后也就几分钟的事,俩人就一前一后进了贼老刘的麻将馆。

阿正扭着头目送柳强和杨结实进去,未等回头却撞上了人,一看,竟是王多金。不看路的王多金记着刚才的仇怨呢,见是阿正,撒腿就跑开了。

阿正喊他:"那个解放军今天给你大送药没?"

"关你屁事。"王多金越跑越远。

阿正讨了个没趣,想骂,却连王多金的影子都看不见了。

阿正老远就开始找邱亮的越野车,凯旋饭店门口没有,对面的渠边也没有。往时这个点,正是邱亮和他的好朋友们喝酒吃饭最尽兴之际,车子就像不可替代的象征物横在街头,他们的大呼小叫浓烈地飘荡在空气里。可今天呢,他早预感到了异样,待走近,才真格儿看到了凯旋饭店的冷清。

张凯旋的表妹于红倚着门柱嗑瓜子,时不时抬起下巴朝街道的东边张望,那是往日邱亮赴宴的方向。于红见阿正来,扫了一眼,却是无动于衷。

"今天没人?"阿正主动搭话。

"人倒是有,没一个吃饭的。"于红运足气力吐出一颗瓜子皮。

"好事呀。"阿正跨上饭店的台阶,"把你解放了!"

于红没再接阿正的话,继续嗑瓜子,朝东望。

阿正进到饭店,见里面稀稀拉拉地坐着五六个人,一眼扫过,都相熟,有卖胡萝卜的刘铁瓦,卖白菜的王老四,卖生姜大蒜的冯麻子,还有卖水产的战斗的媳妇,最显眼的当然是卖猪肉的焦老大。这会儿,焦老大正气势汹汹隔着收银台指着张凯旋鼻子骂:"言而无信的东西,今天必须给钱!"

张凯旋躲在柜台里:"急啥嘛,邱亮说好今天带钱来的。"

"那他人呢?"焦老大逼着问。

"在路上呢吧。"张凯旋心里也没底,"别急嘛,再等等。"

"他要是今天不来呢?"

"肯定来！"张凯旋斩钉截铁，"邱亮说话从来都是算数的。"又补充，"邱亮也答应了，今天来就给我结账，他把钱一给我，我肯定给你们。"

"我是问，如果他不来呢？"

张凯旋不知咋答，或者没有答案，他张嘴无语，哑住了。

王老四腾地站起来："我可不管邱亮来不来，反正你今天必须把账给我结了，都大半年了，你今天推明天，明天推后天。这眼看给地里追肥就错过了，你不给我钱，我就得错过一季庄稼，我一大家子明年吃啥喝啥？"

冯麻子也说："我是小本买卖，出来一趟也就挣人十块二十块的，你不给钱，就等于我这几个月都给你打工了，回去给家里人说不过去嘛！"

战斗媳妇接着讲："我们都是给人家现钱拿货，一分钱一分货，现在钱都压在你这里，我们没钱进货，这生意就没法干了，一家子得喝西北风。"

张凯旋听完这个说又听那个说，明知道个个都在理，可他呢，等不来邱亮就等不来钱，也就解决不了他们的问题。他的确欠了供货商大半年的钱，于情于理都该结了，可是呢，邱亮在他这儿的账都快两年没结了。邱亮是饭店的财神爷，他不敢得罪，就没紧着催，这一拖两拖就到了现在。说句实在话，不管那些大鱼大肉还是小葱白菜，他都没吃到自己的肚子里去，他只是食材的搬运工，从供货商的筐子里搬到了邱亮和他的好朋友们的肚子里，欠账的邱亮迟迟不来，要账的却都紧逼着他，他找谁说理去。

"你给邱亮再拨个电话!"刘铁瓦坐着没动,扭着脖子喊。

"对,打个电话!"众人应和。

张凯旋没得选,当着债主们的面拨通了邱亮的电话。焦老大强行伸手过去,点了免提键,那端铃声响起,大家都把耳朵凑过去,听铃声一遍又一遍地响,直到手机自动报出无人接听的提示音,和柳强之前拨打时一样。

"再打!"刘铁瓦仍旧坐着没动,喊声却高了八度。

"这会儿肯定开着车呢,打也是白打。"张凯旋瞥见了门口的阿正,就像见到了浮出水面的稻草,一把就抓住了,"阿正,是不是吃饭?"

阿正不好直说他也是来找邱亮,在张凯旋期盼的注视里点了点头。

"于红,于红。"张凯旋大声呼唤瞭望哨一样存在的他的表妹。

见于红进来,便吩咐着让招呼阿正。于红俯下身子问阿正想吃啥,阿正问都有啥,于红说他想吃啥就有啥。阿正想起柳强已经不在这里掌勺,就问请了谁当厨师,于红却白了他一眼:"咋了,没有大厨你还不吃了?"

阿正以为于红生着债主们的气,也不跟她计较。阿正没打开菜单,口头报着点了家常豆腐、醋熘白菜、木须肉,他专门叮嘱家常豆腐不放香菜。于红又白了他一眼:"吃得还挺挑!"他被于红激起怒气,却极力克制住了。

张凯旋又问其他人,有没有谁要吃饭。没人理他。

阿正按捺不住好奇,趁着他们乱哄哄又吵开了,就转到了厨

143

房，一看，真是于红掌勺呢。再扫一眼厨房，冰锅冷灶，乌七八糟，他后悔起来，刚才不应该点菜的，但这会儿已经来不及了。他闷闷不乐地又回到了大厅里。

于红第一个端上来的是醋熘白菜，阿正尝了一口，咸得没法吃，就停了筷子。第二个菜是木须肉，木耳竟是半硬的，也没法吃。第三个菜是家常豆腐，一落桌，阿正就看见了撒在上面的香菜末。饭是没法吃了。

解了围裙出来的于红问阿正咋不吃，阿正说等米饭。于红把大腿一拍说："哎呀，我咋忘记蒸米饭了！"又问阿正，"给你泡包方便面行不行？"

阿正问："有热水？"

于红恍然大悟："哎呀，得烧呢。"

看着于红朝厨房去，阿正追在后面又问了一句："你确定有方便面？"

于红转过头来，倒像是问阿正："应该有吧？"

阿正当然不知有没有，也不再问，任她自去。他突然无比悲哀地同情起雄心勃勃开起这家饭店的张凯旋来，这曾经是方圆几十里最好的饭店。

十二

邱亮那几乎专属般的步点从饭店外带着希望嘚嘚传来时，所有人都信心满满地扭过头去迎接，但他们看到的却不是戴着金链子的邱亮，而是穿着警服的老方。老方抬头见一束束失望的冷光射来，警惕地问："干什么呢？"

张凯旋在柜台里鞠了笑脸解释:"吃饭呢。"又说,"做得慢,都在等。"

老方狐疑地扫视一圈大厅,把目光落在阿正身上,朝他招了招手。

阿正会意,随了老方出门去。

"你们小乙呢?"老方压低声音,好像怕他另一只耳朵听到似的。

"那小子早上活没干完就溜了。"阿正四下里望,"我也寻他呢。"

老方冷冷地盯着阿正。

"咋了?"阿正预感到有事,要不然日理万机的老方不会这会儿来找他。

"他的事你参与没?"

"啥事?"

"你真不知道?"

阿正意识到了问题的严重:"方哥呀,你别吓唬我,快说啥事吧。"见老方仍冷冷看他,有些急了,"我真不知道自己犯了啥事,更不知道小乙整天都干些啥,外人都知道他是跟我搞市容哩,可我平日里真管不了他。"

"他这回犯大事了!"

阿正盯着老方。

"他参与盗窃唐王大墓。"

阿正瞪大了眼睛:"他吃豹子胆了!"

"他还是主谋。"

"他是主谋?"

"他们有一帮子人。"

"没老甲的事吧?"

"说不定呢。"

"小乙咋敢弄这事?"

"知人知面不知心。"老方问,"老甲人呢?"

"刚才还见他在张寡妇手机店门口下棋呢。"

老方盯着阿正的目光温和了一些,但仍是不放心:"咱是兄弟,你跟我交底,有没有参加?"他是问答案,也是观察阿正心底泛在脸上的波澜。

"没有。"阿正斩钉截铁,"绝对没有!"

"好!"老方拍拍阿正的肩膀。

"要抓他们?"阿正多了一句。

"干啥都不能犯法。"老方长长地吁了口气,"犯法就是与整个国家为敌,那一条条法律都是为那些犯法的人准备的,违法必究,谁也救不了。"

"我绝对遵纪守法。"阿正束紧身子站得笔直。

"你没见到蒋喜梅?"老方突然拐了个弯,让阿正心头一紧,他不知老方想表达什么具体的或者含混的意思,还是生活里又爆发了哪样意外。

"没!"阿正摇头。

"那女人正气急败坏地寻你呢,问我见你没,我看那架势像有事,没敢说到这里找你。你自己做了啥事自己知道,防备着点。"老方走出几步又停住,"帮着卖煤那事这几天要是有难处就放一放，那边催让他催去。"

"没难处。"阿正当下表态，"方哥交代的事，尽可放心。"

老方欣慰点头，又问："你刚才说老甲在哪？"

"张寡妇手机店门口。"阿正给他指了指。

"寡妇门前是非多。"老方念叨了一句，就朝着老甲的方向走去。

阿正闹不清蒋喜梅找他干啥。或许她又和陈成干架了，找他诉苦。那两口子三天两头干架，规模也逐渐升级，从一开始的徒手搏斗到后来的动刀子。陈成闷头发狠，蒋喜梅也从不退缩，好像谁赢了谁就能得到想要的幸福似的。又或者是蒋喜梅要说她弟弟的什么事，蒋喜梅不把弟弟的事跟陈成讲，也不跟其他人讲，只跟阿正讲，她对阿正的信任就像对弟弟的爱一样毫不动摇。阿正暗笑老方有些夸张了，他竟用了"气急败坏"这个词。

阿正返回饭店时，找张凯旋算账的几个人都聚在门内侧，他们显然暗中偷窥了阿正和老方的一举一动，也显然什么都没有窥到。王老四最先按捺不住："那个方什么找你啥事？"宫里人大多不知方腊叫方腊，他们把方腊叫作"方什么"。不等阿正回答，刘铁瓦也问："是不是邱亮那边出了啥事？"张凯旋念阿弥陀佛："可不敢叫邱亮出啥事，不然饭店真完了。"

"跟邱亮无关。"阿正突破围堵朝里走去。

"那跟谁有关？"王老四追上来。

"跟你们都无关。"

刘铁瓦挡在阿正前面："别瞒着，到底是不是邱亮的事？"

王老四也说："看来这几天传的都是真的。"

红着脸膛儿在后面站着的焦老大也冲上来:"都传什么了?"

"你没听说?"王老四捂着嘴,"邱亮在外面惹了祸,有人要弄他哩!"

众人炸了锅,都问王老四从哪里听来的。

王老四说不来出处,嘴里乱支吾。

张凯旋第一个不信:"邱亮不可能有事!"并佐证说,"我们上午还在通电话。"为了说服众人,更为了说服自己,张凯旋再一次拨通了邱亮的电话,和之前一样,通是通了,却没有人接,电话一直响到自动挂断。

"电话通着。"张凯旋倒像是给自己宽心,"就说明人没事。"

"没人接。"王老四扫视一圈众人,"也说不定出了事。"

"你是盼着邱亮出事吧!"突然跳出来的是一直冷眼旁观的于红。

王老四红了脸:"话怎么能这么说?"

于红不依不饶:"往日里,邱亮在这里吃一顿你们送一次货,吃两顿你们送两次货,你们天天盼着邱亮来大吃大喝呢。他一来,你们人人有事做,个个有钱挣,你们把他捧上了天,一句一个邱老板,把他敬得跟亲祖宗一样。可这会儿呢,为了那点儿货款,倒像是恨不得他出个什么事情来。"

张凯旋也说:"大家放心,邱亮不会有事的。"

战斗媳妇过去劝慰于红:"大妹子别生气。前段时间他们传你跟邱亮的事,还都说你配不上邱亮,要我看哪,他邱亮要能娶你,那是享大福了。"

于红嘟着嘴,刚才未释放完的怒气还鼓鼓地憋在躯壳里。

战斗媳妇拉着于红朝厨房去："这会儿还真有点饿了，你给我炒两个菜吃。"刚说完，又改了主意，"炒四个吧，我那口子还在街上等解放军呢，估计也快饿晕了，我也得给他打包带点。"推着于红进了厨房，她又折回柜台前问张凯旋，"我娘家侄子月底结婚，让我给他参谋着问问酒价呢。"

张凯旋说了几种酒的价格，她又问烟，张凯旋也一一说了。

战斗媳妇当下要货："西凤十五年你给我搬两箱，六年也要两箱，还有红好猫来上四条。"张凯旋一边取货一边夸她这个姑姑当得豪气体面。战斗媳妇盯着货齐了，就让张凯旋算账。张凯旋在计算器上"滴滴滴"一加报了个数，战斗媳妇又核了一遍计算器上的数字，才掏出一沓欠条，她一张一张算给张凯旋，总数和烟酒钱相差不多，她说："剩下的就当是饭钱吧。"

张凯旋的舌头都快从嘴巴里掉出来了，只能看着战斗媳妇把东西一件件搬走。其他人一看这阵势，也都冲到柜台前，伸着指头点这样要那样。

于红把菜一样样端出来，战斗媳妇把烟酒在她的小推车上捆好后，便回来吃饭，她一会儿喊于红"西红柿炒鸡蛋再放点糖"，一会儿又喊"回锅肉的肉都被你吃掉了吗"。于红手忙脚乱，黑着脸时不时剜战斗媳妇一眼。战斗媳妇不看于红，偶尔抬头看一眼狼狈的张凯旋，复笑着吃饭。

张凯旋的烟酒柜里很快就什么也没有了。

王老四抱着几瓶散装酒，拧着脑袋在大厅里扫了一圈，回过头来盯着张凯旋问："你那个吊灯多少钱买的？"张凯旋为难得不行，又赔着笑脸给他讲邱亮马上来，他的钱也马上给。但王老四显然没听张凯旋说，他下定决心似的："我早看上你这个样式的灯了，总也找不到一样的，我给你说，你多少钱买的原价给我，折旧什么的也都不说了。"讲完，他就自己搬了梯子去摘灯，又回头嘱咐其他人，"那几瓶酒是我的，你们都别动。"

刘铁瓦看到王老四去摘灯，也急了，转了一圈没找到合适的抵价物，便站在大厅的中间数桌子，又问张凯旋："这桌子当时是打折买的吧？"

焦老大一直追着张凯旋问邱亮到底能不能来，这会儿也不问了，急得到处转，好像晚一步就会永远错过什么似的。过了一会儿，焦老大就开始打电话："对，赶紧开一辆货车过来，要能装下冰柜、冰箱、烤箱的那种！"

张凯旋望向门外，他等邱亮来，却也觉得邱亮大抵是不会来了。

刘铁瓦要搬桌子，战斗媳妇坚持吃完了饭再让他搬，刘铁瓦说要么现在搬，要么让战斗媳妇用两条红好猫换这桌子。战斗媳妇骂他在琼菊花的裤裆里染上了红眼病。刘铁瓦又气又羞，闷着头用蛮力去拉桌子，桌子撞倒了椅子，椅子又碰上了梯子，梯子一晃，掉下来个王老四。王老四一边嗷嗷叫一边骂刘铁瓦不长眼睛，却一骨碌爬起来，扶正梯子又爬了上去。

饭店里正乱成一锅粥，有人冲进来喊："王驼子死了！"

十三

前面有人跑，阿正也跟着跑，他以为是王驼子本家料理后事的人，但没跑几步，那跑着的人就和另一个人扭打起来，他走近了才看清是杨结实和柳强。柳强跑,杨结实抓,细麻秆一样瘦弱的柳强不是五大三粗的杨结实的对手,像摔小鸡一样被撂在了地上。杨结实顺势骑了上去,扯着柳强的领子喊:"还我钱!"柳强蹬着脚挣扎:"愿赌服输,我是赢的又不是抢的,凭啥还你?"杨结实死死揪住柳强,热汗浇在赤红的脸上:"还我钱!"

听说王驼子死了,刚刚围观上来看打架的人群又很快散去,他们自发地、看似凌乱散漫实则井然有序地朝着街道最西头王驼子的修鞋铺赶去。

夹在人群里的胖美丽踮着脚问阿正:"看见派出所那个方什么没?"又说,"这事得先报派出所!"阿正说"知道了",就转了身朝张寡妇手机店的方向去,他不知道老方和老甲谈得怎么样了,也不知道既老实巴交又偷奸耍滑的老甲有没有盗窃唐王大墓,他得喊老方先去处理王驼子的事。

阿正去时,棋摊已散,不见老甲,也不见老方。

他冲进张寡妇手机店,张寡妇却拿着锁出来要锁门,他问:"见老方没?"张寡妇扭头:"你还不知道?"又说,"王驼子死了,说不定是被谋财害命,老方他们都过去了。"她双手一拍,大锁扣上,又问,"去不去看?"

阿正和张寡妇一前一后,朝着谜一样令人纠结的修鞋铺跑去。

隔了十几米,阿正就看见杨粉高高举着自拍杆在直播,她一会儿对着镜头说几句,一会儿又把手机对准王驼子黑漆漆的修鞋铺和踮着脚往里张望的人群。张寡妇老远就半捂了脸,等走到杨粉跟前,指责她:"都死人了,你还拍?"杨粉把张寡妇的手拉下来,并把镜头对准她的脸:"这有啥,我的粉丝都没见过谋杀案,

151

这可是难得的机会。"又兴奋地指着屏幕,"快看,有人给我送'汽车'。"张寡妇见自己进了镜头,只能强装出笑脸来。

阿正听见老方喊:"人呢,他家其他人呢?"

"王多金!"有人就地替老方喊人。

不见应,就有人说:"王多金吊儿郎当的,早不知道跑哪里去了。"

老方又喊:"谁是他家亲戚?"又问,"本家也行,有没有?"

王驼子是王庄人,他的亲戚和本家也多散居在王庄方圆几里,这会儿在宫里街道找王驼子的亲人,还真没人站出来应。场面一时陷入混乱,直到王老四主动请缨去王庄找人。王老四首先否认了他和王驼子是本家,又说,虽然他也是王庄的,但他的"王"和王驼子的"王"不是一个"王",他的"王"是正经八百唐朝大将王君廓的"王",而王驼子的"王"是大槐树迁过来的移民的"王"。老方不耐烦地问:"到底能不能找来人?"王老四应完"能",小跑着寻人去了。

阿正看见死者蜷曲着趴在落满尘土的鞋堆上,他似乎要往前去,时间和生命却骤然停止,万物定格,一切不可更改。如果不是在此时此地,阿正不会把这个人认作王驼子,死者更瘦弱,背也更驼。但阿正知道,那就是王驼子,是被随便什么人都可以嘲笑侮辱的王驼子,是咽了气的王驼子。

"咋弄的?"阿正凑到跟前问老方。

"谁球知道。"正翻寻线索的老方有些心烦气躁。

阿正看见老甲挤在人群里,和那个陕北来的苹果贩子低头耳语。想都不用想,他们肯定和其他人一样,也在猜王驼子的死因。阿正在这里见到议论着别人生死的老甲,就愈发觉得老甲不可能盗窃唐王大墓,他所知道的老甲是一个胆小怕事的人,他不信老甲一夜之间就生出熊心豹子胆来。

"咋发现的?"老方灵醒过来,朝人群里追着问,"谁发现的?"

"那个姓罗的解放军往常都是这个时候来送药。"有人回了一句。

"人呢?"

人群里钻出一个人,却不是解放军,而是冯家村的冯春生。

老方看冯春生,弄不清他想干啥。冯春生也看老方,木然的脸上还残存着挥之不去的惊恐。老方盯着这个一个月前刚从外地的传销窝点被解救出来,已经有些神志异常的年轻人,指望着他提供有关罗姓解放军的线索。冯春生却吞吐地说:"人死是我发现的。"又蹙眉摇手,"跟我没关系的。"

老方轻言慢语问:"你说说,咋发现的?"

冯春生就讲:家里给他说了个媳妇,说好的今天到凯旋饭店见面。他妈钻进钱眼里做生意,也顾不上他,他就自己收拾自己,临出门才发现,之前让王驼子修的皮鞋还没有取回来,就在去凯旋饭店之前先折到这里取鞋,左等右等,等不到王驼子开门。他惦记着见面的事,就抠开门缝看里面是个啥情况,结果门没锁,一抠就开了。光线打进没有窗户的修鞋铺,他一眼就看见了死在地上的王驼子,他没敢轻举妄动,就跑去隔壁喊人。

"喊的我。"文具店的梁海江举手示意。

"他说的都属实?"老方问。

梁海江讲:"我正吃着饭哩,就见他日急三慌地跑进来,我还以为他要买个啥,却是说王驼子死了。王驼子活着的时候就占够了我的便宜,我本是不想管的,可心一软就跟了过去。到那一看,可不真就是去见了马克思嘛。"

"王驼子修鞋铺的门晚上都锁不?"

"哎呀,这个我可不知道,你得问他儿子王多金。"

"王多金——"又有人扯开嗓子喊王多金。

未有回应。没人知道王多金跑到哪里去了。

"谁给你说的媳妇?"老方问冯春生。

"我妈找的媒人。"

"媒人是谁?"

"就是——宫里老给人说媒的那个谁……"

"金婶子?"

"嗯,就是。"

"给你说的哪里的媳妇?"

"嗯——人还没见。"

"你们说好在哪里见?"

"凯旋饭店。"

老方问:"她还在那里?"

冯春生额头上沁出汗来:"这个时候了,还真说不好。"

老方追着问:"鞋取了吗?"

冯春生一头雾水望着老方:"什么鞋?"

老方一把扯住冯春生:"你得跟我到派出所走一趟。"

冯春生甩开老方,钻进人群往外跑。围观者不知道咋回事,议论着说,这两个人正说着呢,咋就还谈崩了。老方边追边喊:"截住他,杀人犯。"

众人都随了老方朝冯春生逃跑的方向汹涌而去,阿正却在如麻的混乱里瞥见了山海和琼菊花。他们站在远处的台阶上，肩并着肩，一人捧着一把瓜子，一边吐着瓜子皮，一边看风景一样闲淡地瞅着眼前的刺激和虚妄，偶尔相视一笑，旁观的阿正的心都被撩酥了。他移开视线，也迅速地朝着冯春生逃跑的方向去，他不信王驼子平白而死，也不信是冯春生干的。

阿正还没有追上洪水一样倾泻而去的人群，那人群又调转方向，朝着他这边来。打头的是哭哭啼啼的刘金定媳妇，他想拦住刘金定媳妇询问又发生了什么新情况，却没有拦住。刘金定媳妇目中无他物，摇摆着她摧枯拉朽的悲伤，一路朝南而去。阿正不甘心，又抓住紧跟其后的胖子，胖子的悲伤里藏着惊讶，他凑近阿正："刘晓娟跳浊江水库了！"

"为啥？"

"她大逼的。"

"刘金定疯了？"

"都他妈的疯了！"

胖子甩下阿正，又冲到了前面去。胖子伴在刘金定媳妇一侧，他的脸上呈现着和刘金定媳妇同样的哀伤和痛苦。"快点。"他说，"得跑起来。"

胖子拉着刘金定媳妇跑，后面尾随的人也都跟着跑。

阿正稍一迟缓，就被裹进了亢奋向前的人群里，在左突右撞中他跟跄得几乎站不稳，就要跌倒，所幸他挤出了人群。大部队前去，他在尾随后面的零散从者中看见了陈成，陈成也看见了他，他欲要打招呼，陈成却一转身，继续跛脚朝前去。他落寞地望着陈成的背影，惊讶地看到他曾经最好的兄弟左耳后那条凛然刺目的红色伤口，他想到了他遇袭之后陈成的避而不见，他也记

155

起那些曾经置若罔闻的传言，他在茫然中陷入巨大的伤悲。

"臭阿正，死阿正，爱管闲事的赖阿正。"阿正回过神来，见又是王多金在不远处挑衅着骂他。他闹不清王多金知不知道他老子已经死掉了。王驼子许多年前打走了花钱买来的老婆之后，就和王多金相依为命，他管不住王多金就像管不住自己的暴脾气一样习以为常了。王驼子死掉了，没有妈的王多金也没有大了。阿正猜王多金大抵不知道他的父亲已经不在人世，要不然也不会依然和教训过他的自己在这里纠缠不休。他同情起王多金来，追上去欲安慰他。王多金却以为阿正又来打他，远远地跳着跑开了，随了往浊江水库的人群去。阿正追着王多金，也融进了奔涌绵延的队伍里。

"死定了，死定了！"一个熟悉的声音阿弥陀佛一样在身后叨叨念着。

阿正回头，见是金婶子正急匆匆追赶着人群。

"这么多年了，不管跳进去的，还是掉进去的，没有一个能活着上来。"金婶子唉声叹气地看一眼阿正，"傻呀，倒以为死了就能一了百了。"

阿正望见金婶子超过了一个又一个的奔跑者，直到衔住了队伍的尾部，也没停下，仍旧跑着，就像马拉松比赛队伍里那个后来居上的实力派。

前行的队伍被一坡土山挡住。土山之前叫雀儿山，后来被牛娃子的弟弟牛涛承包，牛涛没给山改名字，大家却都把那山改叫牛涛家的山。牛涛在土山上种了乔木、灌木、藤本植物，以及各种高高低低的树和大叶子小叶子的草，荒山被养活了，他就在上面养了昆虫，养了鸡，后来又养了羊。宫里这个时节到处都是灰扑扑一片，只有他家的山上是绿的，鲜的绿，油的绿，就像涂了漆一样耀眼和突兀。这会儿，那满坡的山羊沉浸在绿色的养分里，仔细地啃噬，缓慢地移动，远了看，就像漫天的云掉落在人间。

阿正看那云样的羊入了神，却有人风一样从他身边吹过，没来得及细看，另一阵风又即刮即过，他那印满了白色羊群的眼珠子里出现了胡医生，回过神来，也看到了胡医生前面的胡紫珠。"慢点，那么多解放军，不一定是他呢。"胡医生在后面追着，追不上，就喊，却根本喊不停胡紫珠。

"又怎么了？"阿正也变成一阵风，狂奔着追上胡医生。

胡医生呼哧呼哧喘着粗气："他们说——罗解放军淹死了。"

"刘晓娟跳了水库，咋淹死的是解放军？"

"谁知道呢，都是些怪事。"胡医生大口喘气，又去追胡紫珠。

刘晓娟没死，阿正老远就能听到她死去活来的哭声。盖过刘晓娟哭声的是胡紫珠的哭声，阿正没想到，知书达理的胡紫珠竟也能释放出如此巨大的能量。一辆军车驶来，下来几个白大褂，手忙脚乱地救了一阵子，不知道救没救成，最后垂头丧气地把插着瓶子的人抬上车去。阿正没有凑上前看，他这会儿清楚得很，此刻一动不动的正是他苦寻不到的罗解放军。

车子驶过，排气筒吹散一地尘土，落在阿正的身上、脸上。

"死了没？"

"死了！"

"能救活不？"

"够呛！"

157

阿正沉浸在依然悲伤的哭泣中，迷蒙地望着眼前逐渐散去的人群，记忆和情绪突然被带到了十八年前。也是这样的季节，万物凋零，空气混浊，他在镇政府的宿舍里迟迟等不到父亲归来，都累得睡过去了，却被人叫醒。他被带到了浊江水库，见到父亲就像睡着了一样踏实和安详。阿正后来一直幻想，如果父亲是一条鱼该多好，进了水就是回了家，可以永远活下去。

人群散了。他们刚才奔涌而来，这会儿又缓缓地向着宫里聚拢而去。

"罗解放军可惜了。"胖美丽走过来说。

"水鬼每年都要吃够定数，不知下一个轮到谁。"金婶子叹着气。

"看到冯春生没？"老方过来问。

"蒋喜梅到处找你呢。"胖子凑过来提醒。

"见邱亮没？"张凯旋向每一个路过的人打探。

……

阿正沉陷在人群中，突然认不清这些往日熟悉的面孔，不知他们何来何去，叫不上他们的名字。他又回到十八年前那个惊恐且悲伤的冬日，他充满希望的等待最终落空，他未变成鱼的父亲孤独地死在了冰冷的水中。

"大，大……"

阿正哭泣着一路奔跑，试图寻找他失散了十八年的父亲。

七十八座车站抵到的远方

和阿迷见最后一面大概是十三个月之后，他回了一趟宫里。与他和阿迷共同相熟的人接力打听及揣测关于阿迷的去向：阿迷找了个国际老男孩，一起去了加拿大或者新西兰；阿迷三年前就从北京去俄罗斯做生意，破产后杳无音信；阿迷吸毒被抓，正关在监狱里。他放任一切美好或者绝望的断言，他对语及阿迷的评论一言不发，如他们从未交集过。宫里的变化从来没有停止，他看着街道十字路口立起的红绿灯，想到了那些年里毫无约束的横冲直撞。井然有序的宫里变得陌生，已经不是他和阿迷的宫里。

他更情愿想起二〇〇一年二月的那次见面。没有手机，没有微信，甚至公用电话都在要走很远的邮局门口。他半年里投出去至少一百封信，却没有得到对等的回应。他意欲对所有能想到的美好施之于污言秽语，却等来阿迷叩响了他高中在隔壁村子租住屋的门，他们几乎没有说话，在一起待了三个多小时。夜幕降临，阿迷不得不离开。他怀念阿迷潮红的脸庞，怀念初春夜里无以复加的幸福和无边无际的畅想。他放下王小波，找出蒙尘的汪国真，学写情诗，一首又一首投向邮局门口墨绿色的邮筒。

二〇〇五年的夏天，他做着一切留在北京的准备：考研，应聘国企，当公务员。阿迷同样使出九牛二虎之力，把他引荐给了明天得。他在明天得的公司里见到了阿书。阿书那时候还戴着眼镜，头发在脑后扎成一根，穿着白底棕面的运动鞋。阿书因为他的长久等待而在给纸杯里添水的时候亏欠出脸上一抹绯红。他等待着重大事情的发生，无暇哪怕和阿书说上一句无关紧要的话。他后来想，所有的重要和不重要都是同根而生，有了重要，也就有了不重要，没有重要，不重要自然无从谈起。那天他以为见到明天得是重要的，后来则把这个非同寻常的界定标签留给了阿书。明天得到下午才见他，见面几乎没有正眼看他。他很在意那天的内心感受。

阿迷要给他庆祝时，值得一醉的理由已经不复存在。他把憋在心里的愤懑从明天得的办公室带到了阿迷的不知所措里：我不会靠女人活着。当内心隐隐的暗痂被明天得血淋淋撕开时，他能做的就是在明天得面前的逃避以及在阿迷面前的反击。他闭门自虐，考到了延庆北边的一个镇上做村干部。

阿书打电话问他何时上班，他才脑补起戴着眼镜的阿书的形象。

阿迷预告说周末不能去看他，他无事，也想给阿迷惊喜，就瞒了阿迷坐三个多小时的长途汽车进城。他眼见阿迷坐上一辆京牌的越野车离开，他没法追上。他坐在烧烤摊上胡思乱想，很快就把自己喝得酩酊大醉。

他借口到农户家里推广蔬菜杂交技术，拒绝了阿迷第二周来探望。

阿迷不知道他的悄然变化，他也不知道阿迷那天究竟去了哪里。

第三周他倒是真的在农户家里抽不开身。第四周他进了城，没去找阿迷。他在北海公园那一片逛了两个多小时，又在华联商厦游乐区玩套娃娃机一个多小时，他投进去一百多块钱，却连一个娃娃都没有套到。五点整，他准备离开华联商厦去车站。有人对他笑，他定睛看，一眼认出是阿书。

白发如新这个词真是贴切，有的人和有的人相识了一辈子，却秉性全不同，脾气全不投，甚至懒得说上一句话，就算相向而坐活成了化石，也是两个陌生人。他和阿书是黑发如旧，第二面，就如同见到久分别的亲人。

阿书到华联顶层的影城看电影，随口问他去不去，他欣然同往。电影里精心设置的搞笑阴谋并不能诱骗他的感官。生活本就是一个巨大的阴谋场，去想去看，阴谋就无处不在，不想不看，阴谋就空无一物。他猜得透电影里的那些小把戏，就像猜得透掺进纯洁里的杂质。他乐意看阿书肆无忌惮地笑，阿书的笑掩埋在众生喧哗里，别人不得闻不得见，只他一个人欣赏。阿书扭头过来时，他也同频而笑，他认为，完全值得为阿书一笑。

他在阿书的宿舍楼下摇手作别，阿书问他何处住，他说自有住处。转过身来，他其实在北京的夜里无处可去，又步行到华联的电影院，进了同一个影厅，他坐到了刚才阿书坐过的位子上。除了他，后面还依偎着一对情侣，他的存在对情侣而言是个意外。他不管情侣的不自在，歪着脖子睡着了。

第五周，他又到华联，转了整整一个上午，期许的偶然事件并没有发生。他坐在公园的长椅上看一个长发的小伙子弹吉他,细数着有二十九个路人给小伙子的琴盒里放了钱,总共九十九块或者一百零一块,他不能做最后的决断。他借着放五块钱的机会想弄清,反身回来却仍是不知其详。五点整,他到长途汽车站坐车返回。

第六周,他无奈地止步于住处,阿迷说要来,他的所有借口都不能阻止阿迷,阿迷透露给他,说有惊喜。阿迷给他带来了一个崭新的三头的某品牌剃须刀,一件手织的毛线背心,一包秋粒香的糖炒栗子,一包某糕点品牌的吃食,他以为每一件都是阿迷所说的惊喜,可直到展示完所有带来的物品,阿迷都没有提到惊喜。晚上将眠,阿迷拉了他的手摸自己的肚皮,他意欲抽手,他把阿迷的举动当作惯常对他在绵长黑夜里矜持而大胆的诱惑。

阿迷说:"恭喜你,就要当爸爸了。"

阿迷盯着他,就像明星盯着自己的粉丝,阿迷等着他激动得手舞足蹈,甚至紧紧地将自己抱起。阿迷已经做好了拒绝他拥抱的准备,阿迷可不想让他惊扰自己肚子里的生命。他呢,也停止了剥糖炒栗子,表情复杂地盯着阿迷,就像一个得知报价的顾客盯着售货员。他不满意得知的一切,试图讨价还价。他不禁想起那辆车,到底不知道那天的阿迷去了何处。他想过一万种质问的方式,却同样有一万种理由让他闭口不提。

他煲了一锅鱼汤,让阿迷觉出他对自己及腹中生命的关爱。

他答应第二周到阿迷的住处,一起商议登记结婚,回老家办酒席,等等。周中他接到阿书的电话,阿书问他周末的安排,他想都没想就说没事。他记得与阿迷的约定,可阿书问他,他就觉得见阿书比什么事情都大。

阿书在华联一楼的入口处等他，他陪着阿书在华联各色商铺里逛了一个上午，请阿书吃了顿午饭，又接着逛了半个下午。阿书买了一双长筒靴，一双平底鞋，一件针织衫，一条黑色皮裙，一条筒裤。每一件东西阿书都会寻求他的评判，他说好，阿书就坚定地让售货员打包结账。

阿书晚上有安排，他也放弃去看预谋好的下午场电影。

他在丁字路口的拐弯处见到两辆车子追尾，前面车上的小伙子气势汹汹要动手，后面车上起初露着歉意笑脸的男人从后备厢抽出木棍，小伙子气焰弱了一半，同车的女人又拉小伙子，另一半气焰也没了，只剩下面目狰狞地骂骂咧咧。男人也骂小伙子，同车的女人在一旁劝，很快就围了一圈人，他又往前面挤了挤，才发现两个男人不骂了，两个女人却骂起来。大概过了四十多分钟，保险公司来了，又过了十来分钟，警察的车也到了。警察驱散围观者，他佯装等人，见肇事车辆、保险公司、警察都走了，他才走。他看到一辆能直达阿迷住处的公交车，却未停留，仍旧无目标前行。

阿迷催促他说不能再等了，他说他知道，却拒绝任何实质的行动。

他做了一个梦：阿迷说要把他带到幸福的门里，他毫不犹豫跟着阿迷走，阿迷带他拐过七七四十九个弯，绕过七七四十九座山，阿迷一直对他说，跟紧点，很快就要到了。他在迷雾里影影绰绰看见前面的门，也看到了门楣之上红漆染出的"幸福"二字，可收回目光，他就找不到阿迷了。他沉浸在了无边无际的迷雾里，找不到出路，也找不到阿迷，他惊慌失措。

他起身给阿书写了一封信，谈到了好莱坞电影对中国受众价值观的二次塑造，谈到了电影和孕育电影本身的文本文学之间撕裂不开却又势不两立的尴尬关系，谈到了弗洛伊德、可卡因、高大樟树的象征以及北京郊区农村土地之上湛蓝的天空。他打成电子版，然后把手稿撕碎扔进垃圾筐。

他心血来潮试图写一本书，用揉起来的纸团一次次把垃圾筐塞满。

阿迷更加急切地催他，他不再接阿迷的电话。

阿迷给他发来长长的短信，他一眼未看，只字不回。

他不给阿迷任何理由，就像阿迷那天坐着越野车离开没有给他任何答案一样，他当然觉得这是行为处事的对等，也是自尊心的对等。他不管自己有没有问过阿迷，他在意阿迷那天预料之外的远行。无法回避，阿迷以自己所呈现的方式伤害了他，阿迷带他钻进无边无际的迷雾，让他萌生可耻屈辱的猜疑，他的所有美好被阿迷蒙上灰尘。他已无法还原自己的纯洁。

阿迷到延庆找他，他却去了遥远的西藏朝圣雪山。

二〇〇七年春节刚过，既是阿迷无从追溯的远房表兄，又是他高中最要好同学车子的哥哥——字典，到延庆找他。他早闻字典其人，却没有打过交道，就像他爱慕过许多女生，却没有逐一表白一样。生活在很多时候就是冷眼旁观。他知字典来说和他与阿迷，他在宿舍炖了火锅欢迎字典。

"没有酒吗？"字典坐在沸腾的汤锅边，从白蒙蒙的热气里侧过身子。

他找出一瓶从老家带来的西凤酒，一斤装，五十二度。

字典从南京的大学毕业后来北京考研不中，却留了下来。字典干过餐馆服务员，发过小广告，开过一个卖手机套子、五彩贴画和钥匙链一类商品的小门面，倒闭关门后又去当房产中介。他有一年多没见车子了，也不知道字典的人生是游走向另外的前方，或者就停留在车子叙述给他的终点。车子还告诉他，字典找了人运作在北京落户的事。他希望一切都成了。

看衣装和举止，他判定字典是漂在北京为数不多的体面的人。

字典说不清怎么到北京来的，他们开始了一场别出心裁的赌酒，此方说出一座从宫里到北京的火车站站名，彼方就喝一口酒；说出最后一座车站的人算赢，也就是说喝完最后一口酒的人算输。没有说赢了赢什么，也没有说输了输什么，他们就不明不白地开始了。他从高铁 G88 次开始，他说宫里，字典喝一口酒，字典说西安北，他也喝一口。字典喝了郑州东，他喝了石家庄，字典只能喝下最后一站的北京西。他默默地高兴，为名不虚传的高铁速度，也为分出胜负的赌局。字典并不和他想的一样，只管用特快列车 T56 次续上，压茬从渭南开始了，他也记性好，很快接上了安阳。可喝完邯郸之后，他的记忆出现问题，他记得是邢台，也怀疑是石家庄，但又感觉少了哪一个，他无从辨别和遴选，匆忙地让字典喝了邢台。喝完 T 字头的车站，他们又一鼓作气喝完了 Z 字头和 K 字头的。本以为酒够了，字典却又想到了 L 字头，他颇费了些周折，才在书架最底层的角落里又找出来一瓶衡水老白干，他被老白干搅得兴奋起来，也率先记起赤裸裸阿拉

165

伯数字的车站。那些车站就像散落在阿迷脸上的雀斑，一粒又一粒，那么多，而且没有任何显露出来要消失的迹象。最后一口酒是字典收的尾，他又以为有了胜负，字典却仍旧报出了另一座车站，那不是任何一趟从宫里到北京的火车的经停站，却是很多趟从宫里到北京的火车的路过站，他想不起最初他们有没有明确过经停或者路过。都不重要了，当字典再一次开始之时，他能做的不是质疑字典的合理性，而是跟上，紧紧跟上，一座车站一座车站续接起来，从宫里到北京，从黄土高原到渤海之滨，从梦开始的地方到梦成真的地方，或者是梦破灭的地方。管他呢，他紧要想着的是以他之口报出从宫里到北京最后一个车站的名字，他紧要想着的是以字典之口喝下最后一杯因报不上车站名字而不得不喝的酒。这次他们心知肚明是赌酒，跟往常是不一样的，何况，他们之间并不存在往常。字典似乎要胜利了，字典说了庄里车站，一个他从家里骑自行车无数次到过的地方。他忽视了庄里的存在，就像这多年他忽视了很多关系亲密的人一样，彼此之间原本只有一步之遥，错过了那一步，再次抵到的距离就是整个地球，意味着永无交集的绝望。字典没能胜利，他幸好没有错过蒲城，一个同样骑着自行车能够抵到的车站。那么多仰慕的女生里，他还是和阿迷走到了一起。他们搜肠刮肚，再也想不起任何一座车站，他们乘坐高铁、乘坐特快、乘坐快车、乘坐慢车，甚至乘坐临客列车，在宫里和北京之间来来回回。他们连开在铁轨旁的一间小卖部都没有错过，一起数尽了所有的来路。

他在等字典喝酒，字典却拿出了深藏的私货。

"沙河市。"字典说，"特快列车T56次的沙河市站，在邯郸之后邢台之前，你忘说了。"

他记起了之前的遗忘，也记起了之前的纠结以及纠结之后快刀斩乱麻的武断。他承认漏掉了沙河市，他喝了沙河市的酒，但他不承认他喝掉的是最后一座车站。他从书架上翻出了列车运行图，他不想输掉今晚的赌局。

七十八座车站尽在其中，他无任何理由让字典喝掉哪怕就是一口酒。

火锅里沉底的部分烧煳了，蒸汽里飘荡着炮烙刑场上的血腥味道。

字典指着展开的图，讲给他说："你看，从宫里到北京多像从新生到坟墓，一站又一站就是我们生命的一段又一段，沙河市下来是邢台，邢台下来是石家庄，再到保定，最后抵到目的地北京。我们要奔向北京，切不可随性在经停的车站长留，我们不能受诱惑于到站台上抽烟，买地方特产，或者单纯只是想吸口新鲜的空气，火车不会等我们，我们留在哪里，哪里就是我们的终点，和我们擦肩而过的不只是远方的北京，还有一车的旅客。"

他有些醉了，不断地在图上找，并且问字典："真就没有第七十九座车站？"

字典没有满足他的穷追不舍，而是推荐他看《竹马是不会驰骋的马》。

他忘记那晚字典是怎么走的，也实在回忆不起来有没有和字典挤在他那既狭窄又吱吱作响的竹床上。几天之后，他见到了理应已被他和字典喝光，事实上却包装完好的五十二度西凤酒。衡水老白干却是个半瓶，像以前一样委身在书架最下面一层的角落

167

里，瓶身上积满灰尘，让他联想到很长一段时间都蜷缩在角落里的自己。他绞尽脑汁回忆，字典到底是否来过。

阿迷是在去延庆的路上给他打的电话。阿迷不想听他的借口，更不想被直接拒绝，阿迷只是想尽快地见到他，什么都可以问，什么都可以说，什么都可以解决。他不在延庆，这倒是真的，他擦着阿迷的肩去往城里。

七点多，他接到阿书去欢乐谷的邀约；八点整，他坐上进城的大巴。

他只简短地告诉阿迷他有事，没有回应阿迷在城里见面的提议，也没有告诉阿迷他晚上回不回去。他打消了阿迷和他见上一面的所有可能性。

他知道沉默的阿迷在电话那端流着泪，大概也就在这最近的一年或者两年，阿迷泪水丰沛。他蛮不讲理或者两人意见相左时，阿迷不争执，也不说出自己的意见和理由，只是不止地流泪，没有哭泣，没有哽咽，甚至看不出明显的伤心。阿迷只是单纯地流泪。阿迷的泪水让他惊慌，让他自惭形秽和无地自容，他臣服于阿迷的泪水，就像臣服于阿迷曾经施舍给他的爱情。在交叉而过的大巴上，他没法去安慰阿迷，也不想去安慰阿迷。

他清楚记得炽热爱着阿迷的心的温度。他第一次见阿迷，就像见到一行款款吟诵的诗句，令他激动、兴奋，以至于热泪盈眶。他是那么沉默的一个人，又怎么知道如何去表达自己的爱恋。他装作漫不经心地把眼睛瞥向阿迷的座位；他隔了玻璃沉浸在楼下阿迷欢快的肢体语言里；他和一个闲言过阿迷的男生扭打在一起，哪怕被打出鼻血，仍紧紧抓着那个男生不放。即使他做炉中煤为阿迷燃到漆黑焦灼，仍旧没有哪怕一个人洞察出他对阿迷的爱恋，阿迷同样视他为陌生的，遥远的，有着一个奇怪名字的同学。就连他自己有时都怀疑，是否真的爱阿迷，或者他错误地表达着其他情愫。

他在人潮涌动的周六上午的华联商厦门口等待了阿书一个多小时，其间他并没有打电话催促阿书，他体谅阿书来晚自有来晚的道理，不想用电话生生切断阿书正在行进的时间，也不想让阿书的急切变得更急切。他愿意等阿书，就如同愿意从延庆来城里见阿书一样顺其自然。快到中午时他才接到阿书的电话，阿书的声音之外，他听到了一切来自欢乐谷的声音，带着欢乐谷特色的广播，众声喧哗，持久而热烈的尖叫。他静静地听阿书讲：突然来了工作，只能下次再去。他对阿书所言的下次充满期待。

他只是撞运气，想不到真在华联商厦找到了书店。一米六上下的胖老板弯着腰在底层的书柜里找了一阵子，又一次以哀怨的口气问他："叫什么名字？"他回答说："《竹马是不会驰骋的马》。"胖老板再次以极大的勇气把臃肿的腰弯了下去。一个女生在老板的另一侧向他招手，他过去，又随女生走到了更远一点的地方。女生低声说："老板在白费工夫。"又说，"《竹马是不会驰骋的马》并不是一本书，而是一篇文章，刊载在《萌芽》增刊里。"

女生自我介绍叫影子，并问他想不想看那篇文章。

"想。"他不假思索地回答。

"跟我来。"影子毫不犹豫地走在前面，他扔下正在白费工夫的胖老板，紧跟着影子出了书店，绕过一层层的滚筒电梯，离开了华联商厦。

"你叫什么名字?"影子突然在人群里转过身来问他。

他有些措手不及,还好,并不是多么高深莫测的问题,他把自己的名字一字一字地报给影子。影子扑哧笑了,并且说:"真是个奇怪的名字。"又说,"我男朋友的名字也很奇怪,奇怪的名字和奇怪的人都容易被人记住。"

他问影子男朋友的名字。

影子转过去继续走路,背对着他说:"不提那个人了,都成过去时了。"

走过三个十字路口,左拐,再穿过三个红绿灯,右拐,抵到丁字路口的顶头,无路可走。影子说:"到了,就是这里。"他随影子爬上一幢陈旧居民楼的三楼。他环顾四周,觉得眼前所见似曾相识,不确定是梦里或前生。

影子给他倒了一杯白水,问他:"你的内心也受伤了?"

他接过影子递来的杂志,一脸懵懂。他注意到是一本《萌芽》增刊的过刊,封面是具有《萌芽》风格的卡通特色,一个女孩低着头,泪水已干。

影子说:"《竹马是不会驰骋的马》是心伤的解药。"

"有用吗?"他问。

"我也不知道。"影子说,"我一直以为受伤的是我,可越到后来越觉出,其实我也深深伤害了那个人。我们互相为剑,觉出自己的痛却觉不出别人的痛,看见自己的血却看不见别人的血,愈发要伤别人,愈发更受伤。"

"我不知道你在说什么。"他焦虑地盯着影子,如实相告。

"这句话高为尚也对秦小月说过。"影子悲伤地望着他,"话出口他们就已经不是一路人,无可挽回的悲剧就已经埋下了种子,一切都写进剧本,春去秋来,田野里收获硕果累累之时,他们的悲剧也就瓜熟蒂落不可逆转。"

"你又在说什么?"

"我在说《竹马是不会驰骋的马》。"

"哦,谢谢你的书,我要走了。"

"我今天真是幸运。"

"怎么讲?"

"见到寻找《竹马是不会驰骋的马》的你,而且我们即刻分别。"

"再见。"

他出了门,又折回身,问影子:"我抵押个什么东西在这里,看完后我会很快还回来。"他掏出钱包,望着影子,觉出影子脸上的雀斑格外生动。

影子乐了,想了想说:"那你就抵押一句话吧。"

"什么话?"

"随你。"

"嗯,"他沉吟片刻,盯着影子说,"欢迎到延庆来玩。"

影子眼里噙着泪水,就像噙着一个谁也不知道的秘密。

他独自下楼,从丁字路口的顶头走到十字路口,左拐,穿过三个红绿灯,右拐,再过三个十字路口,返回华联商厦的门口。华联商厦是他进到城里的根据地,不经这里,他就找不到去天安门的路,也到不了大巴车站。

171

他在大巴上开始阅读，却心猿意马，一会儿想到久未谋面的阿迷，一会儿想到刚刚别离的影子，就像抬头低头间在看天上的月亮和水中的月亮。

自称谈过三次女朋友而且每次都是自己主动提出分手的车子教给他的方法全部徒劳无用：阿迷拒绝了他的吃饭邀约；阿迷压根没看他写的纸条就撕碎扔进了垃圾筐；阿迷主动退出了他也在的文学兴趣小组。他觉察出，为了拒绝他成为生活的一部分，阿迷宁愿决绝地切断那部分生活。

回想过去，他常常误以为阿迷在辍学之前已经接纳了他，可只有在酒后，在梦里，在回到宫里那片熟悉的土地，他才坦诚自知，他和阿迷在共同熟悉的地方产生的熟悉记忆仅在二〇〇一年。春节后阿迷又一次将离开，他以为永将陌路的阿迷突现眼前，他们之间的关系在短暂时间里实现了质的转变。他不确定自己疑神疑鬼的种子是否为当时的惊喜变异而来。

将近子夜，阿迷又来电话。

他觉察出阿迷这次并未流泪，却未回应阿迷关于"后悔"的威胁。

他不承认自己是漂荡在大海中的舢板，事实上，他已随着波浪在自我放逐中越走越远。舢板不确定任何目标，既无视大海，又不管不顾自己。他也不想决定任何事情，山高水长，他以为一切都有另一个一切负责到底。

他在凄冷的暗夜里哭得一塌糊涂：他觉得秦小月不该负气走进凶险的社会，他认为高为尚应该尽其所能阻止秦小月放逐自己，他痛恨高为尚在秦小月之后接二连三的感情际遇，他忍受不了秦小月的绝望而死。

美玉之碎，惨不忍睹，可那又是谁也改变不了的人生之河的自然流向。

他无能为力，只有在无人凝视的夜里放声一哭。

他随阿书看完美展出来，发现距离预定的晚场电影还有一段时间，便在华联商厦闲逛。到一家鞋店门口，他觉出被叫，一看，竟是之前帮他找书的胖老板。他忽视的门脸狭小的书店，就开在鞋店的隔壁。胖老板绕过正在想着托词的他，直接走到阿书跟前问："书还要不？已经帮你找到了。"

"当然要。"阿书恍然记起，斩钉截铁地回应胖老板。

"可不好找呢。"胖老板嘟囔着折回书店，很快回来，他从取钱包的阿书手里接过书，看到赫然印在封面上的黑体书名《竹马是不会驰骋的马》。

"有这本书？"

"都在看呢，你不知道？"

他轻轻地"哦"了一声。阿书没有继续追问他知不知道这本书。

第二周，他按着印象里的路线，从华联商厦门口出发，走过三个十字路口，左拐，再穿过三个红绿灯，右拐，抵到丁字路口的顶头，无路可走。他穿过依然熟悉的楼道上到三楼，铁门紧闭，动作从小到大敲了很多遍，丝毫没有回应。他胳肢窝里夹着《竹马是不会驰骋的马》，又返到楼下。

一个老妪坐在没有太阳的道路边，仿佛专门在等他。

老妪从古老的沉默里抬头，盯着他说："你等不到秦小月了。"

他觉得奇怪,走近老妪一些,强调说:"我找影子。"

"我知道你找三楼左手边那位,就是秦小月,不是什么影子。"

"您是不是弄错了?"

"不会错,你找的那位被杀死了,警察摸清的底细。"

他惊愕地问:"谁杀死的?"

"那位的男人。"老妪说,"那位的男人把他们之间的事情写进了书里,那位高兴得不行,可到最后,那位的男人把那位写死了,那位认同了男人设定的结局,就跳楼自杀。"老妪把身子更大限度地侧向这边,他清晰地看到刻下那些古老皱纹的血的痕迹。老妪说:"警察推测那位的男人是蓄意谋杀。"

"那个男人写的什么书?"

"喏,你拿的那本。"老妪露出笑,说,"就是那个什么马。"

他回应说:"《竹马是不会驰骋的马》。"

"对,就是那个。"老妪忧心忡忡讲,"书是最毒的毒药,文字是杀人的刀。"

他把载有《竹马是不会驰骋的马》的《萌芽》增刊扔进垃圾桶,走出去很远了,他又返回来,从垃圾桶里捞出杂志,翻开,一页一页扯下,撕碎,重新扔了进去。在被肢解的字纸里,他看得见秦小月,以及高为尚。

阿书跟他谈秦小月该不该出走。他说:"是的,安娜·卡列尼娜的出走是文学永恒的主题。"又说,"安娜·卡列尼娜的死更是无法阻挡的宿命。"他不想再提起秦小月,但他又后悔说出了死。他在很长一段时间的心烦意乱之后,悄悄从阿书的包里找到了那本夹着墨绿色花纹书签的《竹马是不会驰骋的马》。他像一个屡屡得手的惯偷一样,把书掩在衣服里,进到厕所,蹲在坑上,一页页撕碎,冲进便池。他希望阿书就像丢掉自己的纯真一样对遗失的书本无知无觉,那样,他就不用陪阿书找书,以及做情理之中的解释。

车子来北京料理哥哥的后事。字典淹死在波澜不惊的一片湖水里。

他请车子吃烤鸭,车子却一直喝二锅头。一杯一杯喝酒的车子让他想起了那晚一起猜车站的字典。他恍惚觉得字典才是他最好的兄弟,而车子则是他最好的兄弟在北京的哥哥。车子并不分外关注他不讲道理的胡思乱想,喝着酒,就哭了起来。车子悲伤地说:"字典没了,也联系不上阿迷。"

阿迷是车子的远亲,他不知道车子背负着宫里亲人们的嘱托想见阿迷,或者是车子自己想见,车子未能遂愿,车子的悲伤更加悲伤。他听在耳里,一刹那也想,阿迷去了哪里?可他就像没有安慰车子一样,也没继续深究。

阿书从来没有提及遗失的书,他也再没接到阿迷的电话。

霜降之后,来自张家口的风就一日比一日狂暴,自公路来,自草原来,自河流来,几股汇到一处,掀翻了蔬菜大棚,把一束火苗怂恿成一场火灾,林场新栽下的树木都倾斜着向敌人投了降。他奔波其中,一月多不得闲。

第一场雪覆盖大地之后,他才在生起的炉火里有了空闲。

阿书从医院里出来守口如瓶。

阿书说请他吃饭,他不回应,只是安静地问:"几个月了?"

"什么?"

"孩子。"

阿书神情复杂地看着他,如实相告,三个月。

"那个人知道吗?"

"知道。"

"你怎么打算?"

"等那边离婚。"

"那个人骗你的。"

"我只能等。"

他很艰难,也很决绝地说:"我娶你,我养孩子。"

阿书一口回绝:"不可能。"

"你图什么?"

"钱。"

"可明天得给不了你幸福。"

"谁都给不了我幸福。"阿书冷冷地说,"钱能。"

"可是——"

"可是我们以前还是朋友,以后朋友也没得做了。"

他望着阿书远去的背影,不知道自己做错了什么,意欲以拯救者的角色给阿书以惊喜,没想到却被阿书视作恶魔。他无意剥夺阿书的任何东西,阿书却觉出他的危险。阿书如履薄冰地在守护她之所要,视万物为天敌。

他以为可以挽救他和阿书之间不可描述的交往,收回说过的话,删除表达过的情感,甚至默默遵守某条不可理喻的规则。为了回到从前，他愿意做任何的妥协，可结果呢，他拨不通阿书的电话，找不到阿书的住处。

阿书凭空消失了，就像从来没有在他的生命里出现过。

他也怀疑，和阿书所有的交往是不是都是一场梦，梦醒之后所有的美好烟消云散都理所当然。他想否定自己的臆断，却找不到任何反驳的证物。

在一个独自饮酒后的下午，他并没有像之前每一次那样，先到华联商厦，再到将去的车站或者其他什么地方。他摇摇晃晃，从小餐馆出来直接奔向了目的地。他应该是想去车站，涌上脑门的酒精怂恿他大胆地往前走，他确实在一个时间段里藐视了北京的规模和交通，他记得大方向是西北偏北，那是车站的方向，也是延庆的方向，他想到了二万五千里长征，认为自己要走的那点路不值一提。他从下午走到晚上，黑夜里再没有可走的路。

他又往回走，在一座有着玫红色玻璃的房间里受到了热情的接待。

他置身于一个硕大无比的浴缸，散发着玫瑰香味的热水融化了包裹着他的坚硬冰冷的孤独。随着蒸腾的热气，他穿过杂草丛生的隧道，他似乎听到了奇怪的尖叫，像公狼进攻的信号，也像海豚欢愉的嬉闹。他管不了那么多，前面未知的道路吸引着他。他进入一片巨大的混沌之中，如海浪一样的涌动之感包围了他，他自己也成了海浪，高高地涌起，又重重地跌落，他体会着从未有过的酣畅的释放，他觉出这是最物有所值的旅行。他化身一条扭动着身子的海蛇，从巨大的子宫里降落，重获了新生。

他醒了，望着身边的女人，满脸幸福地喊了一声妈妈。

女人脆生生地"哎"着回应了他,并且伸出了手说:"三百块。"

他从甜美的梦境中暂时不得抽身。他竭尽所能地辨别睡在身边的女人是谁,也变换着思维方式揣测何种对等的交换值得三百块。他暂时是幸福的,来自浴缸的幸福,来自隧道的幸福,来自海浪的幸福,以及新生。

"你是——你是?"他气急败坏地质问女人,却因激动而语无伦次。

"是的,我是。"女人的轻蔑掺杂在放肆夸张的冷笑里。

"你为什么让我叫妈妈?"

"你自己叫的。"

他气愤沮丧,却没有丝毫抹掉那个事实的办法。

"三百块。"女人又一次伸出手来。

他把所有能够杀死女人的方式都从脑子里过了一遍。女人玷污了他的新生,让他为之骄傲和激动的美好污浊不堪。他无法忍受自己对此的无所作为,他决定释放自己的愤怒。他没有找到任何武器,只好无奈地作罢。

他落寞地离开了那座房子。他记住房子位置,鼓励自己,总有一天要来这里搞一次惊天动地的爆破。这样想着,好像已经抹平了所有的伤悲。

他回到了华联商厦,又从华联商厦去车站,回到城市之外的延庆。

很多天之后的一次皮肤瘙痒让他坐卧不安,他怀疑自己在那座有着玫红色玻璃的房子里染上了不洁的病菌,一番大动干戈的体检证明只是虚惊一场。春节之前,他到镇上领回一块奖牌,同批的村干部们热闹庆祝了一番。

植树节那天,车子在电话里又一次忧心忡忡地提到了阿迷。

车子的提及就像点中了他心底的某个开关,一刹那,所有的神经末梢都通上了电,有了色彩,有了温度,恢复了原本的存储和记忆功能。

他惊慌失措,想到若推算起来,阿迷肚子里那个他们共同的孩子应该已经出生了。他扔掉手头所有,疯了一样奔向大巴车站。他在阿迷原来的住处只见到一个花白头发的面容慈祥的老翁。老翁耳朵不灵,他不管说什么,老翁都撑开嗓子问:"啥,你说啥?"他重复,老翁也重复:"啥,你说啥?"他就像推着语言巨石的西西弗斯,而老翁则是宙斯,假借此地来惩罚他。

他无暇接受惩罚,他最为迫切的是找到带着他的孩子的阿迷。

他在宫里一无所得,又穿越七十八座车站回到北京。

从白天到黑夜;从天安门广场到通州,到昌平,到海淀,到丰台;从人潮涌动的地铁公交到一座又一座郊野公园;从永未踏足过的无数个公司的小隔间到人进人出的喧闹的商场超市。他明知希望渺茫却又不甘放弃。

他给一个陌生人忏悔:我不该写下那本书。

他向所有的路人打听:有没有见到阿迷,有没有见到我的孩子?

他成了一道奇特的风景线,站在春夏秋冬的天桥,十字路口,或某个店铺的门口。他不讨吃食不要钱,只是日复一日地寻找,在陌生人中寻找他熟悉的过往和记忆。所有人都像躲避一场巨大而混沌的危险,离他远远的。

重 生

宫里街道十字路口东北角丰富而肮脏的由红砖砌起来的垃圾池边,唯有他懒散的乞讨和公狗卑微的觅食是恒久不变的。五点不到,冬日寒冷的太阳就几乎被公鸡家的二层旅社吞没。他抢在即将逝去的光辉里,有时看到公鸡肥硕的女人,有时看到五颜六色的贴身衣物。他瞧见一个似曾相识的陌生人由远及近,似乎慢下来,却惯常走掉。他先赶跑了狗,再娴熟地把只有几张蓝绿票子的布袋收起来,挂上脖子。他点红一支自卷的纸烟噙在唇间,狠狠地吸过几口,才拄着两个木把手,载着固定在一块带着滑轮的木板上的上半截,一拱一拱地前往对面。今天运气不错,扁担放在店外石凳上的是半碗羊肉泡馍,甚至看得见半片羊肉。他饭后洗了碗仍扣在石凳上,打扫完门前,想说再见却没找到扁担。他迎着寒夜的风归家去。

在冷风料峭中穿过数百米的宫里桥,再艰难爬上坑洼倾斜的土坡,他终于像游弋在地平面这滩汪洋里的泳者,气喘吁吁地靠了岸。贴着瓷砖的高大的门楣沉浸在黑夜里,就像根本无从打捞的过往的时间。他习惯了加之于身的所有的肉体和内心的寒凉,久之，顺理接纳了。未上锁的门掀开时的吱扭声惊动了为非作歹的老鼠，他忘了是哪一只昨晚吞噬他渐失知觉的左腿，也不知是哪只把米粒一样黑色的屎明目张胆地拉在了他的枕头边。他憎恨所有破坏者，就像憎恨偷走他生命之美好的那一个个具体的和抽象的敌人，他恨不能一条条一个个揪出他们戳进沸腾的铁锅里。他假装自己是别人痛苦的旁观者，却无力改变现实中身份置换的落寞，并为自己的无能为力深深沮丧。他拒绝在破败的此地胡思乱想，甚至认为不该为了睡觉而艰难归来。他体谅公鸡，每个人都是自己生活泥潭里的艰难跋涉者。

他无法阻止自己在黑夜里的凝视，并为此痛苦而羞愧，曾试图劝说自己完全忘掉沉沦在时间里的美好，坚强意志却并不打算逆来顺受。他的态度是决然的，宁可每天对离他最近的那条公狗好一些。他那床最新的被褥终于无影无踪，公鸡父亲在原地停放了一辆摩托车，他无力改变现实。

夜晚的梦境信马由缰。他又一次见到了英勇无畏的谢晋元副团长，他们四百一十四个人在大部队全都撤走的情况下死守四行仓库，不打算后退一步。苏州河那边的外国人看着他们，就像看一出实景剧。外国人并不关心他们的流血和死亡，只预谋着从中得到好处。他扛着子弹箱奔跑时被炮弹炸到，他找不到自己的双腿，只见鲜血汨汨而出。他看到了河对岸的闪光的相机，看到了飞在空中蝗虫一样的子弹，还有倒下之后自然流入视觉里的安静的蓝色的天空，以及浮游其上的白色的云朵。他极累，只要放弃痛苦的坚持，就轻易地睡了过去。崭新的梦中，他又回到扬起沙尘的大漠里，筋疲力尽之感让他回想起三个昼夜不眠不休的厮杀，披着兽皮散着头发的敌人又一次穷凶极恶地蜂拥过来，当看到被毒箭射中胳膊的将军消失在山的背面之后，他决然带着受伤的士兵做最后一次搏杀。他明知一死，却执意要在这西域的漫卷黄沙里留下大汉的印记。长矛、大刀甚至野蛮人的牙齿刺进他身体时，他无痛感，只觉通体冰凉。他的左腿被一个肥胖的野蛮人抢走，抢右腿的是个瘦子，他目睹他们远去。

寂寞无光的夜里，他疲乏地奔波在自己的上下五千年中。

这次弄醒他的不是老鼠的啃噬，而是无法约束的尿液。半边床结出薄薄的冰，他厌恶地把身子往里挪。没有温暖可寻，他用新寒冷替代旧寒冷。

老鼠视他为无物，觅各自的食，做各自的爱。

动所不能，他确是无物般存在。

他想在梦中遇见夕阳中的美景，却屡屡落空，他一次又一次失去自己的双腿。他厌恶这徒劳无力的答案，却不得不接受既成的打了折扣的人生。

他从来不在醒来后再次睡去，他深谙其中掩藏的凶险且恶毒的阴谋。

他宁愿回到二〇〇一年那个安静明媚的早晨。一觉醒来，他听到了街巷里菜贩的叫卖以及偶尔从远处传来的狗的或者鸡的叫声，闻到了母亲在厨房里烹出食物的香味。他上完一趟厕所，在厨房中巡视一圈。母亲喊他吃饭，他不应，父亲喊他去上学，他仍不应。他烦躁于公鸡之前的央求，不想掺和，却又不愿辜负亲密的情分，劝又未果，他更不愿见他们吃亏。

打架认识的那个男生被通缉者捅了三刀，死在男厕所的小便池上。

总有下一个，他不知道是谁。

他先见到鼻青脸肿的扁担，继而见到同样鼻青脸肿的公鸡。他们怒不可遏，一心寻仇。他了解的情况是：公鸡和冬梅在街上偶遇铁板，铁板耍流氓对着冬梅打了轻佻的口哨，公鸡不忿，和他们打起来，闻讯赶来的扁担也加入其中，可铁板那边人更多，结果两人吃了亏，现在迫切想找补回来。但扁担坚称他理解错了，打架的根源是铁板欠了饭钱一直不给，还使强耍横，结果在店里干上架了，公鸡来找冬梅，顺理成章地参与其中。这次找铁板，不是找补吃亏，而是把欠的钱要回来。他左耳朵听公鸡颠来倒去地讲，右耳朵听扁担乱七八糟地说，真闹不清他们说的到底是不是一回事。

冬梅站立一旁，嗑着瓜子，不喜，不愠，仿若和她毫无关系。

他倾向于不去，不只忌惮于铁板的狠辣，更觉得此事毫无意义。

他在烦躁中再次睡去，清醒意识到自己掉入无边无际的巨大混沌之中，万千事物无法想象，也无须想象，他踩在云里，顶着云端，向着云去，身后也是绵延不尽的云。他知道要遇到一个故人，却没想到是冬梅。冬梅引他走出层层叠叠的云的埋伏，进到一个万紫千红的园子里，一侧是管弦之乐的演奏班子，一侧是冒着水汽的温泉的池子，冬梅催促他进到池子里去，他迟迟不动。冬梅知他害羞，就说："乐人隔了千棵树万枝花，什么都看不见

183

的。"又责怪他说,"你到这里来找我不就是为的这个吗?"他心虚,赶紧除了衣服进到池子里。冬梅在他的面前宽衣解带,他未及看清她的身体,就相遇在了温热的水中。冬梅的身子扩展为侵占了他一切所见的肉白,他竭尽全力克制自己,仍然一泻千里。他藏起揉作一团的内裤,凛然去找铁板。

冬梅如何潜进他的梦里,是千百回试图解开却终究不遂的谜团。

一年多之后他想方设法再见到公鸡和扁担时,那二人辍学回了家。公鸡继承了家里旅社的营生,扁担则按照父亲的意愿在自家饭店做起了掌勺的大厨。二人躲闪回避的眼神不得不再次汇聚到了一处,都说按约定赶到那里,却不见铁板,就又走了。他没有理由怀疑公鸡和扁担,他们曾经是最好的朋友,搂着脖子走过大街小巷,给彼此写下"苟富贵,无相忘"。

他宁愿相信后面的事仍在梦里,一泻千里,以及一生之悔。

之前的每一次后悔都可以挽回,那次却是分水岭,他不再被庇护。前往寻仇铁板的路上,他甚至忘了为何而去,只坚持着为友谊和虚无的梦负责。

铁板把横行宫里十多年的黄彪子一气呵成捅了十多刀后,准备跑路,突然记起扬言找他寻仇的公鸡和扁担。铁板带着重创黄彪子的同一拨人,以及那把血迹未干的钢刀,在约定的地点,约定的时间,等着了结离开宫里前的另一桩恩仇。时针和分针双双越过了约定的刻度,有人揣测公鸡和扁担可能听说了黄彪子的事不敢来了。铁板骂骂咧咧,实在不愿意在逃跑前留下遗憾。就在这时,他欢快地喊着公鸡和扁担的名字进入了虎视眈眈的注视之中，他意外于公鸡和扁担的毫无踪影，更惊异于铁板眼中的杀气外漏。铁板并没有和他进行哪怕恫吓或威胁的一句对话，就像猎人见到丛林里的猎物不会讲话一样，身份的不对等让杀戮没有任何负罪感和亏欠感。或许，铁板在那一刻想起了和他擦肩而过时毫无敬意的眼神，以及道听途说的来自他的不敬之词，如果非要给伤害一个合乎情理的说辞，大抵也就只有这些了。铁板甚至未及做出任何示意，同行者就像春节前杀猪一般七手八脚地把他放倒了，他仰头看到了铁板走近，也看到了铁板手里血迹之外闪着寒光的钢刀。铁板一气呵成，他只觉得双腿一阵冰冷寒凉。混乱中有人尖叫，有人拉走了铁板。他如死狗，连自己都不再做活着的努力。

试图绝望哭泣时，他才想起，在奔来的路上弄丢了眼泪。

他哀求要进入有着无边无际云朵的梦里，却不知道被谁拒绝了，有人检查通行的令牌，或者有人忘记了带钥匙，他和陌生的人又原路返回。他仍旧心存侥幸，期望就那样混沌地跟着走，在水波里见到肉白的冬梅，以及种种。终究是走出了云端，坠入了他血脉可溯的往昔。安禄山的军队已逼近长安，郭子仪将军已在星夜兼程赶来的路上，他如果不能守城到午时，皇帝及其人数众多的子弟、嫔妃、随从和百官们将无法逃离这固若金汤却即刻将成牢笼的皇城。他许诺于皇帝，城破即身死。他明知百官尽去的皇城是无人愿守无人可守的，可他偏偏以此立诺欺自己以振军心。终于，他守到了午时，皇帝的声势浩大的车队也已西至陈仓。他洞开城门，让奸诈狡猾的安禄山不敢贸然挺进，只能用密密麻麻的箭镞隐藏胆怯。进城之时，叛军们没有敌人，只看到他如一个被箭镞加持的巨人,直立于道中。安禄山收回箭镞,把他的尸体五马撕分,血肉崩裂中,他的双腿不知所踪。

他的遗憾仿若注定,一直在失去,他不甘心,也从来没有放弃过寻找。

没有什么不能找回,亦如没有什么不能失去。每一个梦醒的时刻,他都决意与既成的梦进行殊死的斗争,但在另一个梦里,他的主观意志又无故缺席,能战胜此梦的,唯有下一次醒来。他陷入了无限循环的西西弗斯陷阱,明知其然,却无力挣脱。他恐惧夜晚,一如不能改的缺憾的宿命。

已经醒来,却忌于睁开眼睛,他仍沉浸于铁板和钢刀组成的恐惧里。

来自双腿的疼痛让他万念俱灰,泪水归来,如决堤之河汹涌奔流。

他无意地动了一下,欣喜于收到双腿传来的信号。他起身,天哪,腿还在。他下床,能直立。他走动,完好如最初。他抚摸双腿,喜极而泣。

清晨的阳光隔了玻璃温柔地洒在房间的一角,他听到了街巷里菜贩的叫卖以及偶尔从远处传来的狗的或者鸡的叫声,闻到了母亲在厨房里烹出食物的香味。他翻看日历,天哪,仍在二〇〇一年,一切惊悚皆是梦境。

他在角落里寻找揉作一团的证物,无所得。无物之证再次证明了往事之虚。他试图回忆和冬梅有关的梦,却无论如何也不能把冬梅放进梦里。思来想去,冬梅只是扁担的妹妹,公鸡的女友，以及与他若即若离的同学。

他排掉憋了一夜的负重，在厨房中巡视一圈。

母亲喊他吃饭，他想遵从肉体的慵懒再睡一会儿回笼觉，却在走出去几步后改了主意，又返了回来。他难得按时吃饭，那顿却如狼吞似虎咽。

父亲喊他去上学，他背起书包，欢快地走向感觉已经告别半生的学校。

走过宫里街道，他心有余悸地张望十字路口一角的垃圾池，一只似曾相识的狗目视前方。在狗和垃圾池之间，一个位子空缺着，像是等一个人来。他不敢停留，逃也似的离开了，却在不甘心的一瞥里，瞧见了公鸡家旅社二层楼上一溜儿随风飘摇的女人的衣服，他的心如铁钳拧紧，憋得慌。

公鸡和扁担已在学校门口等着他，他们一个从左边搂着他，一个从右边搂着他。公鸡提议第二节旷课到老三家的后院去打台球，扁担则说和铁板约好了，去壮场面帮忙收拾一个刚到宫里做生意却不懂规矩的陕北人。公鸡最终放弃了打台球的念想。远处，冬梅站在教室门口嗑着瓜子看他们。

七月，他理所当然高考落榜。

十二月，他颇为意外地穿上了麻袋一样结实的绿色的军装。

在这期间，他和同样与大学差了十万八千里的公鸡和扁担去了趟西安，他想看看省城有没有合适的出路，扁担思谋着从康复路贩些廉价并且时髦的衣服，公鸡听别人说火车站附近有美丽迷人的等待客人的小姐。他们从宫里驶向西安，每人都找借口从家里搞到了一笔钱，如赴一场成年的仪式。

到第二天下午，公鸡终于联系上说了很久的表哥家的一个亲戚。在一个挂着昏黄灯泡的面馆的角落里，亲戚先后断了他的出路，黄了扁担的生意，他们为此垂头丧气。亲戚一边吃着面，一边给他们鼓毫无支撑的劲，打没有意义的气。等公鸡提到火车站，亲戚嘿嘿笑起来，带他们到了一个黑暗的舞场。黑暗里看不清人影，他们黑摸着分开，周围没有一个他熟悉的人，印着闪烁暗光的每一张脸都如鬼魅，他无处躲闪，融进鬼魅之中。

他认下一个声音沙哑的女人叫姐姐。公鸡花光了身上所有的钱。扁担差点和几个人打起来，亲戚出面，用扁担的钱化解了扁担生出的麻烦。

姐姐的过往和他没有任何的交集，他却坚信姐姐是一个熟识的人。

晚上的小旅馆，他为自己在梦中差点冒犯姐姐而自责，再未睡去，睁着眼到天明。又熬到天黑，他再去找姐姐，警察包围了黑暗，他一无所获。

扁担和公鸡打消了之前萌生的所有信誓旦旦的念头，他们花光了自己的钱，也花光了他的钱，他们所有的念头顿时干瘪萎缩，自觉藏了起来。他用最后的钱给他们买了归程的票。他们问他去处，他说找亲戚。他们知他所有的心思，却不说破，他也知他们知他所想，更知他们为何不揭穿他。

他在遇到姐姐的地方守了三天三夜，直到警察把拉上的警戒线全部拆除。他喜出望外，以为一切都会一如往常，黑暗，黑暗中的魅影，黑暗中的魅影中的黑暗的人们。头戴安全帽的工人接二连三的涌入打破了他所有的幻想，舞场被拆除，制造鬼魅暗影的圆球状的灯也被砸得碎了一地。

他头脑一热想去徐州找姐姐，不知路，没有钱，终是抱憾回了宫里。

宫里的大街小巷很快就流传出公鸡和扁担捏造在他身上的谣言：他们说他迷恋上一个小姐，在小姐身上花光了所有的钱和尊严，仍不罢手。他死缠烂打，希望把云游四方的小姐改良成和他一起居家过日子的老婆。用小姐身子赚钱的黑社会不干了，勾结了警察，将他关进了拘留所。他们说，会判他强奸罪或者侮辱妇女罪。他父母在公鸡和扁担那里再次证实此事确凿后惶恐不安，正筹钱救人，他却归来。他的出现缓解了父母的焦虑，却无法改变根植在他身上被篡改的故事。真相无足轻重，也与别人无关。

他去质问公鸡和扁担，他们嘿嘿笑着说，只是开个玩笑。

他们扭打在一起，只有他鼻青脸肿。他决定和那二人绝交。

他和扁担、公鸡出生在同一个地方、同一段时间，在一处玩耍、一处上学、一处成长。彼此如同太阳留在月亮之上的烙印一样，无法选择，也无法拒绝，只能近一些或者远一些。他们是彼此的参照物，彼此的成长记忆，也是彼此的羡慕嫉妒恨，唯等到离开宫里，或许彼此才能彻底切割掉。

在不同的日子，月亮有时是圆的，有时是缺的，他们之间也一样捉摸不定。在一个雷雨交加的黄昏，他们又坐在了扁担家的饭店里一起饮酒，他忘记了扁担家里有什么喜事。扁担的父亲脱下了油腻乌黑的白大褂，穿上了崭新的西装，系着红色的领带，胸前还别着鲜红的花。他们吃饭的桌子在一张又一张的桌子中间，他们的喧哗夹杂在一波又一波的喧哗之中。铁板一圈又一圈

189

地敬酒，非要和他喝三个，并且是大的。他不胜酒力，摆手拒绝，扁担和公鸡劝他同意，他无法拒绝所有人，喝了三大杯。又喝了三大杯，他忘记为何而喝，只看到所有人起哄怂恿，他很快就酩酊大醉。等醒来，他发现自己躺在贴满了"花"和"喜"字的崭新的房间里，他费力地摆动灌满了酒的仍在眩晕和疼痛的脑袋，看到挂在红绳子上的气球，崭新的衣柜，崭新的茶几，崭新的沙发，他恍惚失忆，忘记自己什么时候结的婚，忘记和谁结婚，甚至忘了自己是谁。巡视完目力所及，又摆动哗哗作响的脑袋到另一侧，他看见了同样崭新的冬梅，雪白的脸，雪白的脖颈，雪白的胳膊，雪白的脊背，一如房间里的所有崭新令他欣喜和感动。他穿越万千丛林，毅然前往温暖幸福的黑暗之中，瞬间萌生的燥热令他难以自持。

有人叫他，他睁开眼睛，不知道黑暗里的是什么人。

"嘿，抓点紧，别磨蹭。"

那人把铁架子床踢得咣当作响。

他分辨出并不是冬梅在叫他。

周围乱糟糟的，那人仍不断地催促着："快，速度提起来。"

他总算摇醒了自己混沌的脑袋，把肉体和精神从宫里的不能自拔中切换到新兵营。他迅速在黑夜里拾起身子，裤子、上衣、袜子、鞋以及迷彩帽一气呵成穿戴完毕，顶多不过一分钟就打好了背包，却仍旧是最后一个冲出宿舍。气急败坏的班长在路灯下单独训练他脱衣服穿衣服，以及拆背包打背包。他心存羞愧，用尽办法验证秘密后，才专心地配合班长的教导。

文书送来一封信,是扁担寄来的,说铁板从监狱里出来了。

他记不起来铁板为什么进监狱,也记不起来自己为什么当兵。

新来的教官很凶,一下完口令就得见到所有人整齐划一地做出动作,哪个慢一点,就会被一脚踹个狗吃屎。教官曾在众目睽睽之下一拳砸碎了一口司马光砸的那种缸,没有人敢违逆教官,都高度紧张地接受锤炼。

四川来的郭子前倒时摔断了胳膊,每天单手拎着纸篓打扫卫生。

教官并不体谅人,总是老远就冲着郭子骂,真是个没用的东西。

胸环靶的十环靶心并不是那么容易命中的,尤其是十发子弹全都命中,而他竟然在一百多个新兵里第一个做到了。他沾沾自喜,情不自禁把自己想象成了一个受人尊敬的枪神。他趴在地上一动不动,等着惯常铁青着脸的教官满意地微笑着过来拉起他,并且说,小伙子,真不错,你是最棒的。

教官果真过来,却是踹了他一脚,并骂他:"狗日的傻准。"

他委屈,继而气愤,心想着,准就准,怎么就成了傻准。

教官不理他,好像他不是发发十环,而是打了无耻的光头。有那么一刻,他甚至把教官凶狠的头颅想象成了胸环靶的靶心。但很快,他就把注意力转到了现场,他可不想再尝被大头皮鞋踹的滋味。他听教官异常冷峻地讲,射击不是为了得奖,而是杀伤敌人的有效战斗力。如果敌人有十个,射杀一个,还有九个;射伤一个,就得有一个去救,敌人就剩八个;射成重伤一个,就得有两个去救，就剩七个。他对教官所讲深以为然，为自己射中靶心羞愧和难堪。教官后来投给他一个不经意的眼神，虽只是一晃而过，但他准确地捕捉到了，他将其解读为教官的鼓励，遂重新燃起斗志。

四月初的一次任务之后，他再没有见到过那个飞扬跋扈的教官。

他以为教官调走了，也暗暗希望着教官调走。

新来的教官顺其自然地融进了他们的生活，同样教他们擒拿格斗，同样教他们丛林射击，也同样骂骂咧咧，同样用大头皮鞋踹他们的屁股，他们像畏惧之前的教官一样畏惧新来的教官。有一次，他到机关办公楼取文件，碰到一个少校带着一个伤心的女人和一个生涩的小男孩，他不知他们是谁，也不知他们干什么，却奇怪地从小男孩的五官里看到了之前教官的影子。他周转了多个人打听，终于证实，教官确是在边境任务中牺牲了。

后来的射击训练，他再没打中过靶心，为此常被新来的教官踹屁股。

在一次连续三天三夜的长途行军之后，他终于距离黑夜中的敌人只有一步之遥了。算起来，他们跨过鸭绿江入朝作战已经快三个月，却连一个漂亮的胜仗都没有打过，这段时间不是给兄弟部队打策应，就是接到迅速转移的命令。团长憋坏了，自从当连长起，他们团就是猛追在敌人的屁股后面打，全歼过日本鬼子一个营，也全歼过国民党军一个师。团长在冰天雪地里上了火，鼻头侧翼长出了一枚有着白芯子的红色痘痘，嘴唇干裂处甚至淌出血来。团长不断地长吁着气，惯常是把军棉衣的扣子解开，帽子揪下来攥在手里，在任何场合都会说，等着吧，老子非得让他们尝尝老虎团的厉害。他对团长的雄心勃勃就像对这场战争的胜利一样毫无保留地信任和支持。一刻钟后，他们将蹚过不知深浅的结着浮冰的友谊河。一个营的美国兵正在对面的山坡上酣睡，他们钻进装尸袋一样的睡袋里，也不知正做着美梦或者已经死去。其实也无所谓，他们的结局终归走向所有的误判或者正确猜测。第二波侦察兵同样向团长汇报说河面的冰并未冻实后，骂了句脏话的团长不再嘲笑美国兵是傻子，也知道了他们为什么在黑夜里如活靶子洒满了整面山坡。一刻钟后，团长在月光下做了向前推进的手势。

全团官兵荷枪实弹地在冰冷的黑夜中向着对面的山坡前进，他们一开始是踩在蒙着薄薄一层积雪的光滑的冰面上的，大概走出十多米后，开始接二连三传来冰面破裂的声音，以及掉入水中的声音，落进水里的人继续在水里前进，越往里走，水位越高，水性好的官兵把脖子伸出了水面，水性不好的官兵则把脑袋和脚一样浸在了水中，有的官兵挡住了水的冲刷，继续前进，有的则被水带走了。没有一处人的声音，都是大自然的破碎声，大自然的跳跃声，以及大自然死亡的声音。他是上了岸之后才发现，自己的双腿已经脱离自己意志的控制，他和趴在河岸上的其他战友一样，匍匐前进着冲向面前的山坡，他们用一场漂亮的胜利让敌人尝到了老虎团的厉害。可再也找不到北方来的一米六五的团长了，没有人知道团长是被水冲走了还是牺牲了。他想和战友们一起找团长，却发现双腿完全不听使唤。

他惊厥地坐起，踢对面的郭子，郭子止住了呼噜，他才长长地舒出一口气来。他憎恨所有的噩梦就像憎恨所有充满了诅咒的预言，却无法掩饰因此而生的胆怯和恐惧。他早就知道，有一场胜负已定的战争在等着他。

复读一年的冬梅仍与本科差之千里，她终于下决心去读大专。他不知道冬梅为什么穿越了大半个中国到军营看他。冬梅是公鸡的女友，扁担的妹妹，以及与他若即若离的同学。他以为离开了宫里就与包括冬梅在内的诸多旧人往事断了关系，冬梅的突然出现让他颠覆认知，也让他无所适从。

冬既去，春未暖。植树节那天下午，他见到了冬梅。

他乡故人来，他极尽礼貌地接待了冬梅。

不得不承认，冬梅比以前更时尚，更漂亮，也更耐看。冬梅说话的时候总看着他，带着柔美的微笑，如睹旧爱，甚至猝不及防抓起他的手抱在怀里。他弄不清自己沉浸在怎样的一个场里，顺理成章的，或者虚妄梦幻的。他时常产生错觉，以为像郭子打趣的那样，冬梅真是郭子以为的嫂子。

有那么一瞬间，他甚至想，或许可以和冬梅谈一场恋爱，却又自责起来，觉得自己极像觊觎着天鹅肉的蛤蟆。他也暗里辩解，并不是要吃掉冬梅。

冬梅看穿了他，故意问他所想。

他如实以告。

冬梅低了头，哂笑，抬头，红了脸，继而又把头沉沉地低了下去。

他壮了胆子追问，如何？

冬梅答他，随你。

他刹那间觉出胜利的喜悦，俄尔，却又想到诸多不妥。

他试探着问起扁担。

冬梅说，我们家都听我的。

又问起公鸡。

冬梅说，公鸡窝囊，先认的怂，与别人无关。

他并不知冬梅论及公鸡的这一句所指，也懒得弄清，只知经冬梅这么一说，就没什么可担心的了，两人完全可以光明正大地造一场真枪实弹的爱情。他抓了冬梅的手，吻了冬梅的唇，又水到渠成地前往下一处生地。

翻过两座并不艰难的山包之后，他们终于到达了指定的伏击地点。大概一个月前，敌人的军队穿越两国搁置了多年的无名高地，占领了我们的一条公路、几个村庄，更要命的是，高原上最大的一处水源也被他们抢了去。上面不打算大动干戈，但也必须让他们知道痛。几万军队在同一个晚上神不知鬼不觉地穿插进了原来属于我们、现在被敌人占领的土地。这会儿敌人都窝在村子的民房里，或者他们刚刚搭起来的丑陋无比的帐篷里，而我们，已经在他们每一处的藏身之地形成了一个小小的包围圈，像动员令上讲的那样，没越界的我们不管，过来了，就一个也别想回去。老祖宗留下的土地，一代又一代也不知死了多少人，可不能让他们感觉跟闹着玩一样。连长在黑夜里学了两声猫头鹰叫之后，所有人都整齐划一地趴了下去。

高原的夜真是干净，一颗一颗的星星就像挂在他和冬梅新房房顶的水晶球一样，星星点点，亮亮闪闪。他有时感觉冬梅就在他的身边呢，扭了头看时，却是一个差不多要睡着了的山东来的新兵。他踹了新兵一脚，让新兵不要睡着了，免得打呼噜惊醒那些听不懂汉语却听得懂呼噜的侵略者。他不是危言耸听，彼此离得太近了，他能听到敌人帐篷里传来的一声又一声感觉要憋死过去的呼噜声。他痛恨侵略者的呼噜，也同情身受者的呼噜。

轻轻起一点风，他刚刚暖热的那一团包裹着他的空气就被吹走了，顿时觉出冷来，他紧紧地裹了裹大衣，却觉出双肩钻心的疼痛。大概是被冷空气粘在了雪地上，他使劲往左右滚动滚动，算是把身体从地球上剥离了下来。他又来回蹭蹭，疼痛感未减轻，身上却有了热乎劲，嘴也能张开了。

天麻麻明的时候，他头脑足够清醒，但仍使劲地晃了晃脑袋，把全身的精气神都聚集了起来，他伸长了耳朵，仔细地等待着冲锋的号声。他是今年最有希望提干的士兵，指导员甚至在出发前许诺了他一连串激动人心的未来：入党，立功，提干，等等。当然，虽然他之前各项表现都足够优秀，但一切还都要建立在今天这次任务的基础上。他告诉自己，必须第一个跳出战壕，必须第一个抓住敌人的头头。之前大家讨论过，敌人官越大胡子越长，他就横下一条心，一定要找到胡子最长的敌人。虽然他第一次真枪实弹地参加战争，之前也从来没有杀过人，但对侵略者他可不会手软。

冲锋在黎明开始，他和多个战友闻令未动，他们被冻粘到了地球上。

战争经过几声零零散散的枪声之后，很快就结束了，到处都是战友们欢呼胜利的声音。他在担架上看到郭子押着一队俘虏，最前面的一个留着长长的胡子，他真想从担架上跳下来。他伤心极了，委屈地哭了起来。

冬梅开了灯，慌乱地问他怎么了。

他睁开眼，发现流出的眼泪把冬梅的乳房弄湿了。

"对不起。"他说，"我做了一个非常不好的梦。"

"嗯，不就是一个梦么，没事的。"冬梅紧抱住他，他的脸贴到了冬梅的乳房上，刚才流出的泪又重新抹到他脸上。乳房暖热了脸，泪也无影无踪。

他想捋清那场突然开始又突然结束的战争，冬梅却按住他的双手，浑圆的身子一滚，就骑在了他的身上。他奇妙地想到那次和公鸡扭打在一起。

他听到一个沙哑而又熟悉的声音，差点想起失散在西安的姐姐。

冬梅抱他紧紧的，像极了那回几乎掐死他的公鸡。

他最终没和公鸡绝交，也不会因此对冬梅大喊大叫。等到所有的坚持都泄了气。他惊奇地发现，冬梅睡觉竟打呼噜。侧了头，仔细观察了一阵。

郭子冲进来叫他时，他看到了郭子肩上一杠两星的中尉军衔。

他想问问郭子那个长胡子到底是多大的官，话到嘴边，才想起那是一个梦。郭子说："车在外面，现在就得走，如果顺利，

197

赶中午吃饭就能回来。"

他只是替冬梅掖好了被子,想着她大概到中午才能醒来。

一小队邻国的毒贩子携带着几百公斤的毒品即将越过两国边境,狡猾的家伙们并没有直接进来,而是在边境线上长途跋涉,一会儿进入我国领地,一会儿又跳到了对面。没人知道他们要走多远,也没人知道他们到底会选在哪一处进入我国境内,唯一肯定的是,他们会带着毒品来,带着钱走。

郭子说:"一是让他们进入国境,二是全部活捉。"

他点点头,一瞥间,又看到了郭子的中尉军衔。回过头再瞅自己的,嗯,还是下士。他开始坚信上一场战争是真的,并想念起那个失魂落魄的大胡子敌人。他相信大多数时候的命中注定,也渴望跨越偶然之河的必然。

毒贩们在一个小胡子光头中年男人的带领下,终于充满警惕地出现在他的望远镜里。毒贩们像狡猾的狐狸,他们似乎闻到了子弹的味道,或者是闻到了死亡的味道,他们止住了脚步。距离太远,他并不能判定他们有没有越过国境线。他得等着,哪怕他们再往前走上一百米,即使五十米,他就能通过他们和树叶碰撞的声音辨别他们走在哪国的土地上。他们只要在我国境内走上十五米,他就有足够的时间放出一个口哨,把隐藏在每一棵树的树冠上的战友叫下来,把这伙胆大妄为的毒贩全部活捉。毒贩们不会想到,他们已进入一场残酷的游戏里,更不会想到,点动鼠标的是别人。

小胡子带着荷枪实弹的毒贩们放松了警惕,终于又开始前进了,他们进入了我国境内,但很快就不继续往前走了,而是聚集在了一片毫无遮掩的由巨大岩石组成的开阔地上。这边是我国的丛林，那边是汹涌的界河，河的中央是国界线，线的那边是毗连的邻国。他不能快速判定出小胡子的意图，因为突然想到还在招待所里的冬梅而失去了继续等待下去的耐心，他想尽快结束这场并无新意的抓捕。他有权做出这样的决定。

他收起望远镜，放出一个带着长长尾音的口哨，同时第一个跃出掩体。随即，每棵树上的战友都如长在丛林里的猴子一样敏捷地跳了下来。他们已经无法隐藏了，和开阔地上的毒贩一样完全地暴露在了任何一个人的视野里。当距离近到足以看清小胡子狡黠的微笑时，他意识到坠入了一场精心策划的阴谋里，但一切都来不及了，枪声几乎是在毒贩们跳入水中的同时响起的，对方射完两个波次的子弹后，他们才改变了活捉的初衷，还活着的战友开始被动地还击。他不清楚丛林里藏着多少毒贩，四面八方的子弹如被捅了蜂窝的群蜂般射过来，他感觉在和一整支部队对打。他思维清晰，报仇心切，却一步也前进不了，双腿被打成血淋淋的筛子。

小胡子精心策划了一场令其找回颜面的诱杀。

两个星期后，他在电视画面上看到了小胡子瘦骨嶙峋的尸体，除了那撮小胡子，小胡子的每一处肉体都被弹孔装点，仿佛那不是小胡子的受难，而是小胡子别出心裁的旁人无法制止的源自文艺初心的特殊而美好的癖好。郭子作为诱杀惨案的共谋者，和小胡子躺在一起。郭子的半边脑袋被打掉了，别人说那是郭子，他就认作郭子。他再没在军营见到过活的郭子。

隔几日，他听说小胡子叫李铁军，惊住了，那也是铁板的全名。铁板的模样他全记不起来,那个名字解码的形象一个又一个全是小胡子的。他怀疑起来,是不是真的曾经认识一个叫铁板的人,或者他以为他认识的铁板,就是很多年后在国界边等着他,要把他双腿打成流血筛子的小胡子。

他无法确定任何一种假定,只能日复一日地胡思乱想。

没人知道冬梅去了哪里。招待所的人说压根就不知道有这么个人,他的最亲密的战友也从记忆的深处找不到任何一个与他有关的女性的形象。他却清晰记得触摸过的冬梅身体的温热,以及被他泪水浸湿的雪白的乳房。

没有任何选择机会的前提下,他又一次失去了双腿。

他强力拍打新伤试图验证虚妄,身受了钻心的疼痛,才住了手。

几周后,他飞赴北京接受大首长的接见,万众瞩目里,他被授予"保边卫疆忠诚卫士"荣誉称号,立了一等功。随后又是一场接一场的先进事迹报告会,他的报告从军营做到了县里、市里、省里。

被截掉的残存肢体仍隐隐作痛,他置身辉煌的真实之中。

到处都在传颂他的事迹,犹如之前的一年又一年他耳闻或目睹别人传颂比他早一步伟大起来的别人的事迹。他所在部队驻地的学校、企业、厂矿,他读过书的小学、中学,他流浪过的那个与姐姐相识又失散的城市,以及更多和他沾边或者不沾边的个体或集体,不断地打来电话,表达着以他为光荣和骄傲的种种外在,并坚定地邀请他前去做专门的报告。他一场又一场地排着时间,终于在岁尾的冬日里,以被邀请的英雄之名回到宫里。

起初，载着万千荣誉归来的他，因弄丢了一双原本属于宫里的腿而愧疚。后来发现，没人在乎他失去的腿，都聚焦于他因失去腿而得的荣耀。

　　他受到极隆重的欢迎，如在北京被大首长接见一样，接见了宫里所有有头有脸的人物：新换的书记、镇长，参加过抗美援朝的关革命，砸过扁担家饭店后来在县城开了连锁超市的榆树，包小三被媳妇抓破脸皮接着包工程的脸盆，从小打架就敢于舍命的派出所所长棍子，等等。他们热烈寒暄，好像因了共同生活在宫里的缘故而彼此熟悉，他们能共同想起的有一九九七年的拒交公粮事件，一九九九年集市上乱手打死了一个偷钱包未遂的查不出来处、年龄和原委的未成年小偷，电管站长的老婆把一只磨穿底子的破鞋挂在了艾美丽开的理发店的门头，铁板杀死了一个人又捅残废了一个人后被判无期，等等。他惧怕眼前之景消失，更怕无辜肉体再被拉回从前。

　　所幸一切都在当下，他感受着亲密的拥抱，以及推杯换盏的微醺。

　　午后，冷风吹起。

　　书记和镇长陪他巡视道路拓宽植起树墙的宫里街道。镇长弓身推着他的轮椅，书记在前面引导，一起就餐的榆树、脸盆、棍子等人也未散去，三三两两在后面远远地跟着。他注视到了十字路口东北角丰富而肮脏的由红砖砌起来的垃圾池仍在，突兀地被遗忘在日新月异的变化里，被遗忘的还有卑微的乞丐和懒散的公狗，他们在冷风里把自己裹得紧紧的，怕冷风的侵入，更怕体温的逃离。书记亲切地喊扁担的名字，不待应，就绕开公狗，把一张十元的钞票扔进了敞开口的布袋中。他侧了头仔细辨认,果真是扁担,他喊扁担,扁担不应,如未有闻。只有公狗有气无力地吠了几声,却是怯怯的,犹如鼓了巨大的勇气以捍卫它和扁担共有的尊严,但瞬间就被书记的呵斥镇住了。公狗气馁,低着头又蹲了下去,扁担默守一旁。

镇长俯身在他耳边说:"扁担是呆的。"又说,"铁板造孽。"

他记起棍子在喝酒时说过的:在他当兵走后,宫里发生了几十年未有之惨案。铁板在一个连野猫都因寒冷而藏起来的漆黑的夜里,潜进扁担家的饭店,强奸了冬梅,并且捅杀了饭店所有人,包括无处可逃的自己。

一切所闻恍惚如梦,或者是梦里做的另一个梦。

他记不起自己何时参军走的,甚至觉得正置身于临走的前一刻。

书记叹息说:"扁担大难不死,却活成了这样。"

寒风顺着宫里桥的桥面阵阵袭来,愈加大了,也愈加冷了。

书记催他:"回吧?"

镇长也催:"回?"

他仰头望夕阳里的余晖,却与公鸡家旅社的二层楼相遇,一个丰腴的女人正在收拢晾晒的衣服,他突然看清楚,那是他在西安认识的姐姐。

姐姐将一件短小的衣服攥在手里,停住了,也向他这边望来。他忘记了具体的年月日,却清楚记得姐姐雪白的裸体。在那个躁动漆黑的地下舞厅的角落里,他无能为力地,也是心甘情愿地把自己交给了姐姐,听从一具肉体对另一具肉体的摆布,从此岸到彼岸，又从彼岸到此岸，他毫不抗拒，就像一池春水插入河道，后者所到即为前者所往。他生命中从未有过如此欢畅的感受，他宁愿永不回头，就那样奔涌而去。他颤抖不止，他泪流满面，他紧紧地抱住姐姐，就像抱住了整个世界。他发誓要娶姐姐。

他从火车站寻到回民街，除了自己的影子，一无所获。

姐姐就像冬日里的一阵风，被另一阵风带走了。

他走遍了自己所有的悲伤，终于把姐姐凝固成生命里最坚硬的悲伤。

姐姐在夕阳里，他在轮椅上，为了不能即刻相拥的遗憾，他泪如泉涌。

书记说："这个江苏来的女人可怜呢。"

镇长说："她可能还不知道自己的男人死了。"

"谁死了？"

"公鸡。"

他扭过头，泪垂在脸上，惊愕地问："公鸡死了？"

书记摇了摇头，重重地呼出一声叹息。

镇长也摇头，说："公鸡到边境贩毒，被子弹打烂了，尸体都没法认。"

"什么时候？"

"今年春上。"

"三月份。"

"十二号。"

他想念没有蓄起小胡子的公鸡，也记起已经与身体分离的双腿，以及杳无音信的冬梅。铁板原本不符合征兵条件的，却忍痛洗掉雕龙画凤的躯干，和他一起到了特战连。他以为自己死了，却见到了铁板。敌人又一次打烂了他的双腿，铁板顶着弹雨救他，铁板如灯，吸引子弹似飞蛾扑去。

更早之前，他在铁板的订婚仪式上，喝得酩酊大醉。

他想不起来父母去了哪里，也不确定父亲一生最为骄傲的有着高大门楣的家里是不是荒草丛生。他压根没想过要回去，似他从来没有父母没有来处。也未有人提及此。他谢绝了书记和乡长已经安排好的县城陶艺村酒店的高档房间，住进了已经没有了公鸡的公鸡家的二层楼的旅社。公鸡那总是闷闷不乐的父亲还在，底层左边的过道格外熟悉，停着一辆破旧的摩托。

没有人知道他认识姐姐，就连姐姐自己也不知道。

姐姐给他准备了崭新的被褥，他闻到了夹杂在太阳味道里的自己的味道，继而发现了很多年前他画下的一张与青春和理想有关的地图。公鸡的父亲总在他眼前忙碌，擦拭破旧的摩托，修理吱吱呀呀的收音机，寻找一枚很早以前丢失的象棋。他终于在公鸡父亲烟雾缭绕的坚守中睡着了。

他不确定自己如何到了姐姐的房中。外面，仍是漆黑的夜。

无数朵鲜花在他眼前绽放，清香沁入五脏六腑。姐姐给他准备了丰盛的菜肴，还有和熊掌、虎鞭、鹿茸、狗胆、羊角浸泡在同一个坛子里的棕褐色的酒。他先喝下一杯浮着粉嫩花瓣的酒，又把一只肥硕的木瓜掰成两半，就着姐姐递来的粉红和鲜红的花瓣吃下，接下来，又喝了更多的酒。

棕褐色的酒带着所有动物的凶猛，开始在他的肉体里肆虐狂欢。

他颤抖不止,央求姐姐给他热一杯醒酒的牛奶。

姐姐潮红着脸,如同所见的一枚湿润饱满的花瓣。

姐姐如往常一样,没有拒绝他。

杯子滚烫,牛奶几乎倾覆,却被另一只手接了过去。

是冬梅。垫了隔热麻布款款递给他说,太热,慢点喝。

他理所应当地接了过去,一小口,一小口,让白色液体汩汩归身。

他在通体舒畅里睁开眼睛,姐姐不见了,冬梅不见了,所有的花不见了,棕褐色的酒和菜肴也不见了。一切之消失,均徐徐变幻,凝固成了他失而复得的双腿。他在欢愉幸福中听到了街巷里菜贩的叫卖以及偶尔从远处传来的狗的或者鸡的叫声,闻到了母亲在厨房里烹出食物的香味。

他感觉自己在一个梦里苏醒,又坠入了另一个梦里。

他犹豫不决,既想醒来,又情愿永远睡去。

屋外阳光独自灿烂,一抹斜来,与所有的真实和虚幻毫无关联。

残暴数学史

他不得不回去。

虽然宫里镇桥西村桥西组已经漂泊为与他毫无物质以及精神瓜葛的蒙着厚重积尘的废墟之地，但他父亲的顽固坚守让那里强硬地成为他生命领土不可分割的一部分。他要抉择的不仅是回不回，更是怎样对待父亲。他的父亲刚过花甲，不算太老，却仍很可能随时死去：脑出血，心脏病，心肌梗死，肠梗阻，车祸后遗症，以及沉疴突致半身不遂后在无人知晓的境况下活活饿死，等等。上述都不是危言耸听，这些年里，有十多个和父亲一般年龄或小于父亲的他曾经熟悉的男人或者女人如此殁去。

死亡的必然性总是被自欺欺人地忽视掉，到来时难免猝不及防。他固执地认为死亡是对为非作歹的惩罚，而与他遵章守法循规蹈矩的生活无关。

他自知是父亲的基因在另一具肉体里的蓬勃生长，他承认来自那片逃离后从不心甘情愿回归的土地。他是吸收这里养分后却无法被收获的夹杂在滚滚小麦地里的毫无用处的燕麦。他没有愧疚之情，他将愧疚还归土地。他是无法掩藏伤疤的受伤者。他视往事为梦魇,却又陷进无限的梦境中。

在与桥西剑拔弩张对立的城市里足够努力,他却从未盘算过衣锦还乡。

漫长归程已经压减了所有膨胀的部分:从北京坐十八个小时的普通列车或者十四个小时的特快列车甚至六个小时的高铁到西安;从西安坐一个小时的大巴到县城;从县城坐四十分钟或者四十五分钟的城乡公交到镇上;再坐五块钱的人力三轮或者三块钱的摩托车,七分钟就到桥西组,回到家。如果坐飞机更快,九十分钟就能从北京到西安。可上述历程一度让他望而却步,也成为他多年不归的坚硬理由。现如今,所有拒绝都不堪一击。

人的主观意志役使客观世界,但难免也有随波逐流的时候。

他离开十七年,时刻试图把自己从桥西连根拔起,并且彻底带走。

他想不通为什么会有农村的存在,随后又想不通这里为什么会是他的出生地。等他想通之后,又开始抱怨,他痛恨砍柴喂马以及粮食蔬菜。

他在地图上涂抹掉了桥西所在的整个县域,可他的故乡清晰地呈现在另一张地图上。他不掩藏自己的厌恶,可他厌恶的对象并不因此而消解。

车到镇里,没等他招手,一辆摩托车就小心翼翼压制着呼啸驶到他的近前。他谨慎地望着对方,带着萌生于城市里的不确定、不安全以及不信任,问到桥西多少钱。他怕被骗,就像怕在城市被问起籍贯,所有即将呈现的小心翼翼都打包掩藏在话难开口的谨慎里,他也分明觉出自己的不合时宜。

骑在摩托上的中年男人调动四面八方的皱纹组成笑脸,叫出了他的名字,询问他从哪里回来,并提到另一个人,说那个人也多年没有回桥西了。

他想起父亲的笑脸以及父亲的摩托车,还有扬在随风一样逝去的日子里的稀薄的烟尘。他以前没有想到父亲会老去,以及与之相伴的其他。

他打消了挥之不去的疑虑,顺从地坐上摩托车。男人背对他,让他想起如此背对自己儿子的父亲。他对男人提到的一个名字印象模糊。他努力地想通过记忆验证男人是谁:某个小学或者初中同学的父亲;住在最南边或者最北边不常见面的某个村里人;母亲庞大家族里某个他常常会弄混了的表舅;认识他、他却不认识的镇上的陌生人。他陷入不得而知的塌陷之中。

他惶恐于回归熟悉之地,却只记得自己是谁。

男人送他到村口,对他的再次询价憨笑不应,调转车头默然离去。

他突然想起,男人应该是教他和改改下象棋的大树的同父异母的哥哥。即便在大树家里并不常见这个和大树母亲关系紧张的哥哥,但他确定大树哥哥不该那么老,他为记忆混沌深感不安。他曾一连吃住在大树家好多天。

他后悔未付无法忆及之人载他回村的车费,却忘记了从一开始就没有这样的机会。他习惯了那些年里父亲载他,习惯了理所当然的免费和坦然。

他站到了村口,看不见一个人,一只狗露出半个身子,和他一刹那的四目对接后,又警觉地退走了。古老而顽强矗立在村口也矗立在他记忆里的巨大的椿树不知去向，寄生其身的那一树花枝招展的"花媳妇"（一种有着艳丽翅膀的昆虫）也没了踪影，他不知道谁辜负了谁，此刻凝固眼前的，是两者合谋的无影无踪。天上没有麻雀，地上没有走鸡，寂寥如梦。

他在压迫着他熟悉的泥土的水泥地面上孤独前行，宛若置身巨大的虚妄。

《周仁回府》的唱腔和父亲哼唱的韵律一模一样。经广播过滤的惆怅让他想起收割过的田野，垛在门侧以及围墙上新鲜的带着粮食味道的玉米秸秆，悠闲散步的黄色或者白色的狗，母亲的手擀面，小孩子打斗后的哭泣，以及默不作声却在微微吹动的风中光照大地令人舒适的太阳。凭着对过往的记忆经验，他推断出：谁家孩子满月，或青春的嫁娶，也或生命逝去。

归纳经验的能力让人避免了多舛命运里的诸多疼痛，比如看到疾病想到死亡，看到汽车想到车祸，看到天旱绝收的土地想到了另一种致富的渠道。一九四八年的一声枪响，提醒村里人提前把女眷们藏在地窖躲过一劫。

我们从溺于时间之河的偶然中受惠颇多，以至于促成了今天的必然。

他曾在很多年里痴望桥西的天空，狠狠地盘算活着的另一种可能。

他和天空慷慨对赌。他一无所有，不会输不起，想着侥幸能赢。

七爷爷之死佐证了他的推断。这是今年村里第三次治丧。

四月，正为彩礼钱和未来亲家讨价还价的崇仁死于心肌梗

209

死；八月，天义憋死在自家的沼气池里。七爷爷连续三十年都是村民组长（队长），也长于崇仁和天义殁时加起来的年龄，归于喜丧。秦腔声中，未有悲痛。

七爷爷的小儿宰羊为业，当年小富，现在入了屠宰合作社，宰杀千千万万的羊，赚了千千万万的钱。七爷爷咒骂小儿是刽子手，却阻不住羊变成肉。小儿为七爷爷集结了最排场的十六口龟兹（唢呐别称，读"鬼子"音，因早年从龟兹古国传入西北诸地而以国代名）送葬，还有自乐班，洋鼓洋号，穿着黑色短裙声音沙哑面容憔悴的女歌手，以及纸扎的汽车和美人。

七爷爷曾痴迷美人，后来戒了，无欲之肉身被谣言推波助澜着老去。

犹在他眼前的亲见里，七爷爷惯常气势汹汹地巡视其治下的村庄，就像冬天的冷风巡视每一棵大树，是的，一片叶子也不许树干私自留存。

天见黑时，丧葬仪式开始。七爷爷有五个女儿，摆饭祭奠的却只有老大、老四。老二前年在她所在村子的路口被水泥罐车卷入轮下哀号而死，嫁到更远村子里的老三在唐山给定居在那里的唯一的儿子看管四个月大的婴孩。老五是不能提及的秘密，七爷爷在时，不许人提，日久，老五遁于时间。传言老三寄了钱给老四，让老四代为祭奠。老大的丧饭摆了十五桌，最大的白馍上插着大捧鲜艳的真花，碟子里是进口的水果，外地的干果，还有村里很多人没有见过的槟榔、牛油果、榴梿以及闹不清真假的燕窝，等等。老大说，那一桌饭给了县城的丧仪店两千块；还说，愿意为父亲付出任何代价。有人悄声在下面讲，七爷爷半瘫一年多，老大上门的次数一只手的手指头都数得过来。老大没听见，她正跟在依次而进的迎饭桌子后面，经人提醒，她才撕心裂肺地干号着哭起来。龟兹响起，洋鼓洋号响起，人群稍稍围得紧凑了一些。有人评点迎饭桌子上的吃食和另一户刚刚办完丧事的人家相比的优劣，也有人关切老大哭了多久有无掉泪，还有人急等着迎饭结束抢拔再无用处的鲜花。七爷爷在相框里神色苍凉，俯视众人。

他觉得是父亲在遗像的位置看他，又觉出那是他扫视四周的所见。

他在人群里看得见每一个人，却唯独找不到自己。

他绝不怀疑归来的真实性，他为所有的死亡感到悲伤。

抬着前面六七张迎饭桌子的十几个人，他大都认识，有老虎、狮子、豹子、鹞子、七狗、红毛等等，二十多年前的丧葬仪式里，也大体是他们抬桌子。他们起哄的说辞一样，往返的姿势一样，甚至五官上呈现的每一个细微而具体的表情都一成不变。他视他们，没有年轻或老去的概念，没有近或者远的差别。他们因为配套于丧葬的仪式而组合成一个捆绑一处不可剥离的整体，他察觉不到多了谁少了谁以及其他。他们组成的小的整体，置身于丧葬仪式这个宏大的整体之中，成为他记忆以及桥西村的一部分。

老四摆了十八张桌子，围观的人都在猜测她用老三给的钱或者她自己的钱，最终没有结果。老四跟着迎饭的十八张桌子走了两次，第一次代表在外的老三，随后是代表自己。老四哭瘫在水泥地面，几个妇女都扶不起来。她在诀别她寿终正寝的父亲，也在怀念她十三年前落水而死的大儿子。

老四的大儿子第三个被捞起,同前两个一样被施救,也一样没能救活。

围观的女人们也跟着哭,她们和老四一样,哭自己心角的悲伤的秘密。

老虎和狮子为七爷爷第二代应来奔丧亲族的数量争论起来。

老虎说:"总该有六七十吧。"

狮子显然不同意老虎的信口开河。狮子剥离了那些道听途说的远亲以及第二代孝子的配偶,然后逐支给老虎报数说:"看吧,我说就二十来个。"

哭于灵前的只有七个——两个侄子,一个侄女,一个外甥,两个外甥女,一个干儿子。围观人群里的知情者讲:有个侄子每月只四天假,月初休过了,再请不到哪怕一天;有个侄女正在遥远的南方和丈夫闹离婚,判决就在最近的几天;有个外地工作的外甥服侍住院的岳母,脱不开身。除了一九九八年在广东打工失踪的那个之外,外甥女们倒是都来了。不包含于这之中的二十多个之外者,缺席于祭奠的灵堂,也缺席于同乡人的想象。

艾礼把每一支龟兹哀曲都吹得飞上了暗沉的夜空,腮帮子鼓得就像即将歌唱的青蛙。艾礼是方圆百里最令人信服的老把式艾龟兹的唯一的儿子,也是唯一的绝活传人。能请到艾礼的龟兹是死者家人最大的排场,也是死者最被村人认可的荣耀。七年前,艾礼在西安打工的女儿以爱情之名跟着一个外地的中年男人不辞而别后,艾礼别了龟兹,自己把自己隔离了七年。

夜里的龟兹哀曲连绵不断,替七爷爷敲打着进入另一个世界的大门。

七爷爷葬于北边的花椒林侧，这片古老的坟园里葬着村子最古老的先人，有他的爷爷，也有七爷爷的爷爷。新坟愈多，花椒林成了死亡的装饰。

翠绿欲滴的，干枯腐朽的，每一种相伴大抵都是为了驱赶无耻的寂寞。

坟园是以桥西古老而坚实的大地为中轴线倒映于地下的另一个村庄，如果地上的是今天的村庄，那么地下的就是昨日之村庄。昨日的村庄里住着久别于今日村庄的人们的血脉相连的先人们。他们从母体降临于地上村庄，又不可逆地转场到地下村庄，他们记忆着地上村庄的历史，也隐藏着地上村庄的秘密。事实上，随着他们殁入地下，他们天大的秘密也消解成了无关痛痒的微小而琐碎之事。人类的本初欲望是一条永不干涸的源流，新的生命自然就源源不断地降临，在新陈代谢的自然规律中，一批批村人以死亡之名坠入地下村庄，他们给子孙腾出土地，他们的精血在另一具鲜活的肉体里仍然奔涌。地上的村庄是暂时的，地下的村庄注定无限永恒。

地上与地下，是一个生命对一个生命的继承，也是一具肉体对一具肉体的等待。他们是来自天上的不竭之水，也是奔流到海不可逆转的宿命。

地上村庄毕其所有繁华和熙攘，都无可选择地流向其唯一的倒影。

他不可能把历史撇得太远，那些上演过的往事是最具力量的证据。

他拼命读书的馈赠不仅仅是弄清琐碎的过去。

一桥之隔的宫里镇是皇帝母亲的别宫，她在这里种植大片的荷花、桑树、花椒树，带来大批的宫女、侍应以及产于宫廷的宦官。皇帝的母亲是不受约束的，她不可能囿于宫里街道的偏狭一隅，她要走动，带着她的挑剔的眼光以及依附于她的貌似属于她的巨大帝国的财富的随从们。他们追逐地上的麋鹿，他们仰望天空的雄鹰，他们把一个年老色衰的宫女遗弃在村子的某个角落里，他们并不关心宫女和一个落魄的桥西青年怎样穷其一生在努力地活着并躲避别人的闲言碎语。历史太忙乱了，没空闲去惦记微不足道的小人物的个体命运。我们更相信皇帝的母亲和她千千万万的随从们，在桥西留下了别出心裁的故事和附加于故事的无法剥离的财富，以及撒在肥沃土地里一样充满无限未知的新的生命。这些生命是播种在桥西土地上的汹涌的力量，也是必将在地下村庄实现永恒的无法回避的事实。我们不应该刻意淡忘文献的记载：宫里是百里内最大的城，桥西是最大的村。

他推测中国的文字普及率远远高于数学推广率，文献记载者总习惯用很大、很多、众多、巨大等等模糊不清的形容词对客观现实进行主观化的描述，鲜有数字的具体呈现。但从另一些流传下来的无法隐藏的记载里，他却发现了各式各样的与财富、人口、土地等等有关的数学字母。他以大量的事实证明，先人们对数学不是一无所知，而是熟知之后的隐瞒和拒绝。他试图追溯原因，却毫无结果。基于既有的无法更改的历史局限性，他对桥西"最大"的概念也捉摸不透，只能主观臆断出，那是超乎寻常的规模。

新生命降临的速度大于地下村庄的接纳速度，滞留于生死边缘的垂死者让村庄看起来无比庞大，貌似繁衍的力量足以堵塞通往地下村庄的通道。

村子爆炸为城市成为无限逼近现实的可能。即使很老的人，明知自己等不到那一天，却在为儿孙兴奋：等着吧，你们将替我活在最好的时代。

他们期盼明天，像极了昨日之人期盼今天，都是不泯不醒的梦。

太多的一厢情愿最终都沦为了笑话，但笑话又何尝不是一厢情愿的种子，一旦落进风雨滋润的肥沃土地，就天然茂盛，转瞬成长为理所当然。

一五五六年一月二十三日，关中爆发史无前例的大地震，从唐朝的繁荣里一直延续到明朝嘉靖年间的桥西村一夜倾覆。史载："受灾一〇一县，有名者死八十三万，未名者不可计。"桥西失去了所有的房屋、牲畜、财富以及鲜活的人。无从推算桥西当时死一千人两千人或者更多，也不知道那批殉于地震者属于"有名者死八十三万"的一部分，还是归于了"未名者不可计"。

不管那个数字是多少，嘉靖年间的桥西村人口一夜归于了零。通往地下村庄的大门洞然开启，所有的生命都潮水般涌入。不存在迷路或失联，总有一个神明在远处清点数量，地上村庄所少即为地下村庄所多，不会有不可追溯的哪怕微不足道数量的凭空消失。他们只是追着先人的足迹远去。

又百余年，大量移民涌入宫里镇，也涌入地表之上早已荒芜的桥西。

大概也就是从那个时候起，桥西最古老的有据可查的名字落在了纸面上：土村。新生的土村的第一批拓荒者来自山西、山东、河南以及西边的甘肃。只是孤独无依的四家人或者还有一到两个一生没有婚娶的光棍汉，他们以野草般的顽强在被摧残过的大地上安定下来，用最原始的方式繁衍着下一代，他们最终也像秋天黄叶飘摇坠落，流向他们陌生的却不得不去的地下村庄。他们和地下村庄的先人们是陌生的，但他们都曾生活于地上村庄，这是他们相遇的理由，也是他们相安无事融为一体的根基。世界共同且平等地属于先来者与后来者、先死者与后死者。不忘初心，皆是故人。

地上村庄的男人多起来，女人多起来，黑夜里的本初欲望像干草地过火般不可遏制，人口繁衍速度大于流向地下的速度，村庄又一回人丁兴旺。

直到清初，改姓人家的繁衍速度更胜一筹。或者家族里出了官员和富人，他们信了风水先生的阴阳之说，或听了某种来自北边的传言，自作主张或者通过某种方式得到村人的一致认可后，将土村更名为改家堡，村子随了他们的姓，运势也就好了起来，当官的，发财的，都以改姓居多。

同治皇帝上位的第一年，西北回民大乱。

白彦虎率众问及哪里当官的汉人多，路人遥指改家堡。

一八六二年夏天，从渭河东岸而来的挥舞着马刀的动乱回民冲进改家堡。被蛊惑的刽子手们不分男女老幼胡砍滥杀，他们理所当然的仇恨一刀一刀落在了隐藏了仇恨的陌生人的身上。改家堡人的血染红了改家堡的土地，死于生养其身的必然。全县近三十二万人中被杀者逾二十万。死者奔向各自的地下村庄，那是他们无可选择的去处和终点。人没死绝，村子便有绵延的历史。

村子又步入春耕秋收之轨，改姓者十不及一，仍叫改家堡。

新中国成立后，村子叫过一段时间东风大队五小队，他出生那年，改成了桥西村桥西组。他从不盲信村子更名与他有关，只是记住了那个时间坐标。

七爷爷那时候还没死。七爷爷尚习惯眯眯笑着，仿若得了天地。

他冬天放学的时候，总会看见十几个其实只有五十多岁但当时他认为老得失去意义的老头，一溜儿蹲在六一家的小卖部墙根下晒太阳。偶尔不见他们，肯定是刮起了阴风或者下起了鹅毛大雪。他们总是和太阳一起出来，又一起回家。老头们的顺序几乎是不变的，后来人数越来越少，他们严格地按着蹲在墙根的顺序逐一死掉。他们的坟茔又挨在了一起，仍旧是那个顺序，唯一不同的是，不再区分晴天雨天，他们都在那里，如同旧时。

老头们死后，一批长到五十多岁的新老头又在墙根下蹲成了一排。

死了三个老婆的脾气暴躁的水娃的最大的儿子，终于忍受不了长期忍受的无数种痛苦之中的某种或者全部，在一个无从推算的深夜或者黎明，消失在了雾蒙蒙的桥西村桥西组。拉着空荡荡的架子车，准备往地里拉粪的水娃，因为找不到帮手而怒不可遏地一遍遍在村子里喊着他大儿子的名字。通过水娃夹杂着恶毒咒骂的呼喊，水娃大儿子逃跑的消息从传言变成了真实。这种真实再次成为很多人私下里议论水娃的崭新借口。水娃之前死去的每一个老婆也曾成为同种性质的借口。水娃的大儿子并没有像水娃那些死去的老婆一样,从水娃的生活里彻底消失。水娃说从做过的一个梦里知道了大儿子的藏身之所,最终从西安的一个废旧仓库里把大儿子找了回来。

大多数人是因为知道了水娃的大儿子悬梁而死,才知道水娃把大儿子找了回来。水娃不用别人帮忙,自己挖坑把大儿子埋了进去,就像一回回在肥沃的土地里埋下种子。水娃骂骂咧咧,埋怨为大儿子白忙活这么多年。

水娃的大儿子会刻章,也下得一手好象棋,水娃并不知道这些。

水娃每回在接生婆的旁边坐下,都不是为了一起晒太阳。

水娃等待她们的谈话,如等待一桩崭新的生死。

一个忧心忡忡的老妪问接生婆:"听说生了?"

接生婆压低了声音讲:"又没要到心里去。"

"留没?"

"咋留?已经有四个了。"

"又放到窨子去了?"

接生婆没有回应,许久,才释放出一声长长的叹息。

水娃一口气跑到经常扔死娃的窨子边,果真看到又有一堆崭新的卫生纸,再往里黑影蔓延瞧不清,他仍不敢下到窨子底去看。转过身来,一条长满癞痢的瘦骨嶙峋的野狗充满戒备地盯着他,他冲着狗学狗叫,把狗吓跑了。

一九九八年,他曾有机会到镇上他姐姐当服务员的饭店里吃一碗羊肉泡馍,虽然明知吃泡馍的五块钱要从姐姐一百三十块钱的月工资里扣,但全家人都支持他完成这个奢侈的壮举。没等到他第五次站在饭店门口犹豫不决地往里张望,就彻底地失去了饕餮一回的机会——姐姐去广东打工了。

父亲坚决不同意姐姐只身前往混乱而陌生的广东。

中介说出一个月八百块钱工资的时候,父亲就像被一支利箭刺中了喉咙,所有反对都憋了回去。他怀疑父亲已经想到了他四年后上大学的种种。

姐姐走的那天,母亲哭得几乎晕厥过去。

他之前唯一见识过这样哭的是大树妈妈,那是在大树爸爸的葬礼上。

父亲花五块钱给姐姐买了一支钢笔,让她写信用。

他收到姐姐第一封用圆珠笔写的信时,并未想过钢笔的去处,直到很多年后,他才知道姐姐一到广东就被贼偷走了除她自己之外的一切。

姐姐第一次往家寄钱后没多久,七爷爷就宣布告别桥西的政坛。

七爷爷退位不是被上面要求的,也跟镇上那个以理发为生的离异女子没有一丁点的关系。此前七爷爷收到一封电报,说他在西藏当主席的哥哥病入膏肓,可能没几天活头了,想见一眼家里人。七爷爷决定成此行。

七爷爷的这个哥哥是老三,十几岁就出去当兵,从未回来过。家里人都是听外面的人说他随队伍打到了东北,又打到了海南,接着抗美援朝,老父亲和老母亲就在三爷爷南征北战的炮火中接连死去。后来又有人说他去了新疆,接着又入藏,老大老二也没见上这个亲弟弟,先后病死了。直到大概八几年,西藏来了信,村里才都知道三爷爷还活着,而且当了主席。

"毛主席那种主席?"

"字都是一样的。"

"那可了不得。"

"早前就传桥西有龙脉的,看来真是呢。"

再说起桥西,方圆数十里的人都说是高主席那个村。

七爷爷一直盼着老三衣锦还乡,可再没等到书信,只剩下念想。

七爷爷一心想把亲哥哥带回桥西葬埋的,叶落归根,入土为安。七爷爷认为三哥生于桥西的地上,就应埋在桥西的地下,这样才有始有终,下一轮脱胎时不致迷失来路。七爷爷只身一人从西藏回来了,水土不服的后遗症折磨得七爷爷上吐下泻了很长一段日子。七爷爷不在乎三哥只是西藏一个机关下属公司下面一个厂子的分厂的工会副主席,在乎的只是最后一个兄弟在远天远地的凄冷之地被烧成了灰,永远都回不来了。地下村庄还预留着三哥的位子。每一个降生都是必然的死亡,而他三哥辜负了地下村庄。

一九九九年春节之后,去广东愈发成为肉体的春药以及高耸的信仰。

朱晓丽去了,马晓红去了,改对对骗家里人说到阎良学修车,其实也跟有着不远不近亲戚关系的中介去了佛山。小武逆来顺受惯了,却在一个班主任并未数落其成绩的晚自习上,用最恶毒的语言咒骂了班主任十多分钟，撕掉书，把书包扔进垃圾桶后，豪放地说，老子要换一种活法。当然，也理所当然去了广东。所有人都把自己的未来想成了截然不同的两种方式：现在去广东，或者读完书去广东。他也差点成了"孔雀东南飞"的一个。

留住他的不是命运的必然，而是神明在场的偶然。他的意志仍在漂泊，更坚信裹挟肉身的罪魁祸首不是时代，而是冠恶名于时代的周围的人。

二〇〇一年，他考取北京的大学，成了和桥西其他青年迥异的一个。

村子里同年龄的人里，只有他还在花着家里的钱。父亲并没有怪怨他的意思，却免不了总说谁谁谁又给家里寄了多少钱，谁谁谁从广东带回来一个光彩照人的女孩子，仿佛那些曾经被他优异成绩压迫得抬不起头来的同龄人，一下子都有了体面的地位。他不后悔上大学，只同情父亲日益老去。

置身更远的远方，他日渐读懂桥西的瘦弱和凋零。

二〇〇二年夏天到来之前，母亲用家里刚安装的每月要交十元座机钱的电话表达完相思、叮嘱完琐事后，临挂断电话，又言简意赅地给他说，冯老六死了。冯老六是改大树入赘到桥西的父亲。冯老六十年前得了肺病，用砸锅卖铁的钱换来医生"还能活十年"的承诺。十年期到，果真疼得活不成了，冯老六趁人不备，把自己勒死在了门后挂毛巾抹布的细铁丝上。又过了一段时间，母亲说，金灶媳妇死了。金灶老实木讷，却娶了个泼辣暴躁的媳妇。午时，邻人去借辣子，却见金灶媳妇用一根缰绳把自己吊在房梁上，喊人放下来时，身体已经冰凉。一群人议论着金灶媳妇之死和收羊奶的陈彤有关，因为他们之前吵过架，也推测和银灶家争了很多年却仍然没有定论的宅基地界线有关，就连去年摘了高金金家一个南瓜被发现而生怨的旧事也扯了出来，可到底也说不准，就不再追究寻短原因，着急办了后事。金灶哭喊着说也想死呢，四壁无物的家里剩下一大三小四个公蛋，着实没了活下去的乐趣和动力。

金灶何时死的，他毫无记忆，反正也是死了。

他谈了个城里的女朋友，打算趁暑假带回家填补之前父亲的言语留在他心里的失落，却因为女孩对农村有建立在毫不知情基础上的嫌弃而未能成行。

暑假没过完，他恢复了精神和身体的双重单身。

二〇〇三年春天，北京，一个老太太被毛贼刺死在家，电视、报纸、网络和刚刚兴起的手机新媒体新闻都将这一令人寒心的事件剖析为：孤寡老人如何养老？社会治安何时让人心安？重罪治贼立行缓行等子命题，邀请各路专家和代表喋喋不休地争论，最后做出了一个没有结论的结论。为了这个结论，又很是争吵了一段日子，转眼就到了初秋。桥西的消息也通过电话那端的母亲一跳一跳地进了他的耳朵里：秋天之前，除了两个顺其自然死去的老头，伐木的刘教育从树冠上掉下，当天没事，晚上却因未检查出的断了的肋骨戳破心脏失血过多而死。老实木讷的四喜在三喜的小卖部里赊账未果还遭到了嘲笑，气愤不过的四喜顺势用原本以为能够赊账到手却被三喜断然拒绝当时仍是属于三喜的工具刀，捅进了三喜的胸腔里，又捅到了原本应该称其四叔却从未正眼视其的三喜儿子的后背上。三喜命大,儿子却抢救未果。逃跑未遂的四喜袭警,也未遂,被七枪打死。

姐姐很久没有给家里打电话了,母亲也拨不通她留下的任何一个号码。

他知道姐姐又一次恋爱了,姐姐做着留在广东的一切努力。

姐姐坚信自己的判断,却无法避免一次次被自己的判断戏弄。

他记得是在二〇〇五年春节的时候碰到了艳梅,在此之前,据传艳梅已经和家里失去联系两年多。艳梅和他一起长大,一起上学,他甚至妄想过艳梅做他的老婆。后来,他上学,艳梅打工,过成了两个毫不相干的世界。在镇上的街道旁,艳梅咯咯笑着呼他名字,他起初不敢认作艳梅。她烫着大波浪,描着眉,涂着粉,黑色的高跟鞋怂恿着盛气凌人的派头,他觉出自己的矮来。艳梅评价他胖了,文质彬彬,像个城里人,以及其他。

那是他最后一次见艳梅,几天后的梦里重温了早年的妄想,甚至不堪。

春丽好像故意那样在他面前讲艳梅的。那是他偶遇艳梅三年或者四年之后,当时尚在西安的小单位里做事,突然接到春丽的电话,他当即推掉晚上的一个饭局,独请春丽在回民街不远处的一家风味馆吃饭。春丽和他以及艳梅都是同岁,只不过更早辍学,常在康复路贩些廉价的衣服到城乡接合部叫卖。春丽也嫁到了城乡接合部,她说再不想回到穷僻的桥西。春丽二〇〇一年前后和艳梅在同一个厂打工。春丽说艳梅和许许多多不同年龄的男人睡觉,睡完觉收他们的钱。春丽言语里厌恶艳梅,就像厌恶那

223

些买她最廉价衣服却仍要讨价还价的人一样,她鄙视所有城乡接合部以下者。

他后悔重逢春丽,别后,即删掉了春丽的号码和刚刚添加的 QQ。

他睡觉前默默地流了一会儿泪,禁止自己胡思乱想。

艳梅给她母亲留下一个短暂婚姻生下的女婴后,再没有回去过,甚至音信全无。艳梅母亲常咒骂她,死到外面才好,话出口,却又流起泪来。

七爷爷仍旧像他当政的时候一样,喜欢站在村子最高的地方远眺北边山下村的凋零。七爷爷十几年前就断言,那个村子最终什么都不会剩下。

山下村的人都住窑洞,他们在贫瘠的山地耕种,还要防备暴雨侵袭。

七爷爷当年看上山下村一个青年,想招过来当入赘女婿,那边却硬气,说结婚可以,绝不倒插门。七爷爷实在想不通,那长不出好庄稼的土地和随时可能坍塌的窑洞有什么可留恋的,更想不通视若掌上明珠的五女儿为什么倔强到没有任何通融的余地。七爷爷对女儿的爱直接逼迫女儿寻了死。

七爷爷年复一年眺望山下村,想证明青年的荒谬。

青年坚守着,把焦苦的生活过成了信仰。

水娃的二儿子也跑了,水娃寻了小半年,毫无结果。

水娃醉酒后抽烟,把自己烧死在一个下着大雪的夜晚。儿子们无一归来,本家的几个弟兄把水娃埋在宫里桥畔,圆水娃盼见儿子们的念想。

二〇〇五年之后，年轻人去广东打工的热情似乎不如以前，学生们都规规矩矩上学，接着考学。只要上完高中的，都顺理成章读到一本、二本、三本或者大专甚至签了分配协议的技校继续读书深造，填充着有用或没用的知识，规划着宏大或具体的未来。毕业后，他们大多留在了学校所在的城市，也有不留的，却绝不是回到桥西，而是选择比身后更繁华更臃肿的城市。实在上不进学的，要么去了城市学手艺，要么做生意，也大多留在了走动和生活的城市。年轻人成长的过程也是出走的过程，他们陆续永别了桥西。

最笨的二牛虽无所长，其父母却贷款买房，带二牛一起变为县城居民。

父母是他在北京安定之后，以照看第三代之名一起跟着生活的。

墙根下晒太阳的老头越来越少。

只要多于一人，他们总要讨论些新鲜的或者自认为新鲜的事。

四处欠债的门锁终于逃跑了。门锁早年开商店，觅得良机，在县城和相邻的几个镇都有其产业，人称张百万，最早盖别墅样的三层楼，最早买车，也最早赌纸牌。没人知道门锁欠了多少钱，只知道最多一天有十三拨人来要账。门锁卖了车卖了房卖了所有能换钱的家当，还不够还债，别人威胁要卸掉腿，门锁就跑了。从一穷二白嫁过来熬到扬眉吐气富贵起来的门锁的老婆又一夜回到从前，守着贫穷的旧宅度日。父母病死门锁没回来，最小

225

的弟弟得了白血病,将死,门锁还是没有回来。有传言说,门锁在藏身的地方开了商店,生意不错,大概用不了几年就能翻身。又说,门锁复入赌局,又欠了账,再一次逃跑了。自此没见过门锁,传言都没有,如在人间蒸发。

建设一度带回要移居深圳的消息。在此之前,建设带回来一个珠光宝气的年龄明显要更长的女人,让已经生疏了十三年的儿子喊妈妈,在嘲笑和鄙视中长大的儿子对突如其来的父亲做出的这不可理喻的决定没有丝毫反抗的打算。和儿子毫不拗口的称呼一样,每个成员麻木的妥协让这个很多次分崩离析的家庭看起来其乐融融。建设一家三口从村头走到村尾,和每一个人打招呼,就像十三年前带着那个挺着肚子的生涩女孩一样神气和威风。可是不久,建设就因为贩卖毒品被抓了,十三岁的儿子穿着上次建设买的已经不再崭新的羽绒服去探了一次监,没人知道建设还能不能回来。

墙根下的老头还有三个。他和他们偎到了一起,打探内情。

最老的那个老头几乎睡着了,见有人来,才微微睁开眼睛。

老头拖长了声音说:"走了,都走了。"

桥西人的走有两个意思,要么走向别处,要么走向地下村庄。

马老大死了。

马老二闺女在县城给找了个看大门的活。

改老六和老婆去江西服侍坐月子的女儿。

老张被儿子叫到南京接送上幼儿园的孙子。

老李跟儿子到厦门享清福去了。

还有张千。老头向最外面的老头努努嘴，月底也走呢。

去哪里？

外国，巴西。

张千会画画的儿子叫其去异国剪最拿手的福寿窗花。

城市标准变异为价值评判的唯一，农村薄弱的尊严终于丧失殆尽。

一个一个都走了。虽然父亲三番五次地在他跟前提起，说将来死了，一定要埋到桥西的黄土里。父亲要遵循最古老的道路，沿着生命的必由之径走向地下的村庄，走向被花椒林守护着的埋葬着先人们的坟茔。父亲要去那里和祖父太祖以及更多的先人们会合，那是父亲无法抗拒的命运暗示。

他未回应父亲，不想附加给郁郁寡欢的父亲更多的沮丧和失望。

如果说地下村庄是地上村庄天然地形成的沟渠的自然流向，那么一座座与桥西对立的中国城市或者外国城市就是抽水泵，在马达轰隆隆的聒噪声中，以梦想为诱饵抽走了一批又一批的青年，又以青年为诱饵抽走了一批又一批的老年。至于少年和婴孩，在村庄本身就是难得一见的稀罕物。

水里的都被抽走了，甚至连水也没打算剩下。

源流既去，地上村庄的凋零和地下村庄的荒芜成为必然。

父亲坚定地信任着桥西的土地：这是生产粮食的土地，这是养育了一茬又一茬桥西人的土地。人的胃在，桥西就不会荒芜，如同人之为人不能超脱肉身的束缚一样，辜负了土地的，必定在土地上一分不少地还回来。

父亲忽略了专业化分工的现实，肉身的苟活方式早已千种万种。

父亲隐瞒真相，自作主张回到荒芜了十年等其归来的桥西的家。

他在心里是狠狠地埋怨过父亲的：为了孩子上下学的安全，为了两地往来的不便，为了同类项比对中显而易见的差异，也为了他所认为的难以改变的标准。他很长一段时间没给父亲打电话，他不满父亲独自悠然自得。

他抱怨父亲还要耕种那片令他望而生畏的土地，收到快递来的柿子和红薯却是欢快的，胃里抹不掉桥西的味道，更抹不掉长在地里的记忆。

终于，桥西和父亲都悄悄地别离了他的生活。

他是在派出所办理落户北京的烦琐手续时接到父亲电话的，父亲说大树在西安市政上当科长的表哥，终于同意把一项安装道路路灯的工程给大树做。大树在村里招兵买马，能干动庄稼活的都招揽。大树还去动员父亲，说重活干不了可以看看大门值值夜班，父亲谢绝了的这份差事很快被比父亲年长两岁的建娃接了去。父亲哀叹说："桥西这回真是被掏空了。"

父亲还说，七爷爷让大树去招山下村的那个人，那个人断然拒绝。

他在嘈杂的大厅里朝不同的窗口递材料，"嗯嗯"地应付着父亲。

父亲还有另一半话噙在口边，被他显而易见的忙碌挡了回去。

他成为城市的一部分，成为这个轰轰运转的机器微不足道却客观存在的一个零件，他努力以普通话的标准撇弃舌头的陋习，适应去吃比萨、汉堡包、意大利面，以及没有全熟的牛肉；看话剧，到工体看国安队的中超比赛。他和微信朋友圈的朋友们一起讨论雾霾，以及特朗普的施政理念。

他坚信某种改变，就像毫不怀疑自己有限并且重复的诸多认知。

桥西的来电中止了属于城市的一切。

父亲化作了水，孤独地流向了地下村庄。

如果那天能够成行，他会理解父亲的苦衷及苦痛，他也会想到病入膏肓的父亲躺在冰冷水泥地上日复一日的孤独与无助。父亲耗尽了身上从城里带回来的所有的脂肪，唯独留下属于农村的倔强的骨头和坚韧的皮囊。

一切皆在意料之中，父亲选择归家，即是准备归向地下永恒的村庄。

他腾挪了足够的钱到一张银行卡上。他是桥西走出去最有知识的文化人，他是桥西走出去的级别最高的干部，他是三爷爷殁去后桥西人最引以为荣的同类。他是俗人，亦准备用金钱巩固自己这么多年留给桥西的印记。

他艰难地让城市承认自己，也艰难地向村庄证明自己。

他不会想到是一个远方的堂兄在一个清冷寂寞的早晨，好不容易叫来了三四个帮手，将盛着父亲身体的轻盈的棺材抬到三轮摩托车上，驶进了荒草丛生的坟茔。父亲就像一粒种子，被种进了生长希望的肥沃的土地。

与人情冷暖无关：艾礼已经瘫痪在床多年，老虎、狮子先后

229

死在自家冰冷的土炕上，豹子因高血压而半身不遂，鹞子和七狗去城里给儿子带孩子，稍微年轻些的红毛跟着更年轻的人们去了陕北的煤矿，两个三十出头的光棍儿子等着钱说媳妇呢。就连那太阳最浓烈的墙根处，也空无一人。

老虎们的死是巨大暗示，一切存在都将永不存在。某个人，某段回忆，某个地方，以及更多印在红唇上的吻，刻在心里的爱，燃烧在炉膛里的火种，遗失在子宫里的精液，都将不可遏制地掩埋在时间的滚滚洪流里。

他记起杳无音信的姐姐，继而思念浓烈，最后不得不落入无尽的伤悲。

七爷爷仍在向着山下村的方向眺望，秉其毕生之坚守。只是七爷爷的意愿都凝结在矗立于最高处的墓碑上，铭刻其生平，以及不朽之倔强。

他走过村口，穿过村庄，驻足在记忆里每一处曾经的成长之地和奋力逃脱之地，寻找明知道无处寻找的同龄玩伴，终于明白为什么所有苍老了的熟悉的人们都不理他。他趴在花椒林父亲的坟堆上松开束缚纵情一哭。

如果不是横死车下，他坚信能给父亲一个光辉的葬礼。

父亲体谅他所有呈现或未呈现的艰难，他却仍要拼凑自己内心的版图，为了所在的城市，为了出身的农村。无法选择的命运最终仍归于无法选择。

父亲冷清入土，人尽皆知。

他已无从证明自己，永远也不能了。

他没能回来，永远也回不来了。